沙《すな》を噛め、肺魚《はいぎょ》

沙《すな》だ。沙がすべてを破壊した。

かつて、世界は広く、私達は自由だった。それがいまは、第一に沙。第二に沙。第三に沙。どこもかしこも沙まみれ。誰が予想しえただろう。世界が沙に埋まるなんて。

白い沙、石英の粒は海から現れた。海岸線から徐々に侵食を開始し、浜をまだらに白く染め、海風に乗って巻き上がった。海風は暴風となり、世界規模の大沙嵐へと変貌した。沙はガラスを傷つけ、道路を覆い、線路を隠し、家々を埋め、降り積もって、万物を白色に染め上げた。そこかしこに沙山が生まれた。遺物は沙の下に抹消された。長らく継承されてきた芸術品も、過去を切り取ったアルバムも、キンキンに冷えていた冷蔵庫のビールも、使わなくなったおもちゃ、電子化されたあらゆるデータ、何気ない日常を溜め込んでいた携帯機器すら、失われた。それらを創造し、保管してきた、大量の人間の死を携えて。

未来を生きる人々のことを考える。生来沙の世界に生き、沙の世界で死んでゆく。そういった世代には、沙のない快適さも、利便さも、安易につながっていた蜘蛛《くも》の巣も、到底理解し得ない。エクメーネは、いまこの瞬間も失われている。これから先、沙は嵩《かさ》を増していく。その起源も解明されないまま。

人類は、千年先も存続しているのだろうか。死に絶えているに違いない。死んでしまったほうが良い。我々は増えすぎた。あらゆるものを破壊しすぎた。当然の報いだ。しかしあの頃は良かった。満ち足りていた。これが受けるべき報いだとしても、私は戻りたい。恵まれていた、沙のない、豊かな時代に。音楽が広く愛されていた時代に。

後悔している。どうやらこの別荘は、沙の流入が他より遅い。であるならば、あれらをここに移せばよかった。いまとなっては貴重な品々だ。誰も彼も生き抜くことに必死で、衣食住やライフラインの議論ばかりで、終《つい》ぞ音楽の重要性を理解しなかった。どうせ私のコレクションは、あの古びた蔵の片隅で、箪笥《たんす》の肥やしになっているに違いない。だが今更取りに帰るのも馬鹿げた話だ。ここに持ち込んだところで、ＣＤの寿命は半世紀以下。レコード盤も沙に削られすぐ傷む。電子媒体はフォーマットが変わってしまえば読み込めない。何よりこの脚では、沙地を碌《ろく》に歩けまい。音とはなんと脆《もろ》いものか。百年前の人たちが、どのような声で歌っていたのか、どのような音色を奏でていたのか、私達はその言葉や旋律を間接的に知ることはできても、生の演奏や歌声は、どう足掻いても。本質的な意味での音楽は、いまこの瞬間の、刹那的な産物である。

そして音楽は魚に似ている。

人の身体は、水を湛《たた》える器だ。人はその身体に、魚を泳がせる。魚は人のなかを渡り歩いて生きる。水がなければ、魚は死に絶える。

やはり這《は》ってでも戻ろうか。あれらを残すためなら、私はこの命を捧げてもかまわない。音楽には価値がある。どんなものよりも美しい。かつてウォルター・ペーターは告げた。All art constantly aspires towards the condition of music. 私は、音楽を愛する私を誇りに思う。本質が残らないのであれば、仮初《かりそめ》を残すための努力を。すべてが無駄に潰《つい》えようとも、自己満足の足掻きを。どうせここには誰も来ない。私は独りで死んでゆく。やりたいことで生きていけたら、どれほど幸せか。本当に、沙さえなければ。沙さえ。

やめよう。堂々巡りは安眠を妨げる。独りで抱える怨嗟《えんさ》など、不健康的だ。明日は買い出しに行かなければ。

ひとまず、今日はここまで。

肺魚は眠る。乾いた沙の下で。

1

わたしがその手記を見つけたのは、街の外、北の山の麓《ふもと》にひっそりと佇む建物だった。建物、と表現すると、いささか仰々しいかもしれない。実際には、平屋建ての狭くて小さいおうちだ。さらに正確に描写するなら、それはおうちではなく、寂れた廃墟《はいきょ》だった。

半年前のその日、わけもわからず悲しくなって、涙が止まるまで歩くことにした。曇天《どんてん》の下に街を出て、防風林を抜けて、波打つ沙の大地をぶらついていると、山蔭の木々の間に、両手を広げて通れるくらいの道幅の小径があった。小径を抜けた先には、沙堤防みたいな高さの崖が聳《そび》えていて、その崖の下に、時間から隠れるように建つ一軒の廃墟と、よく澄んだ小さな池があった。

廃墟の玄関に、ドア板はなかった。蝶番《ちょうつがい》が錆《さ》びて、ずっと昔に外れてしまったのだろう。きっと沙の下で朽ちている。玄関脇には数本の杖が立てかけてあった。なかに入ると、床は一面沙に覆われていた。堆積厚は約二十センチといった具合か。ドア枠をくぐってすぐ左手には、キッチン。中央にはひとりがけのテーブルと一脚のイス。右手には手前にベッド、奥にデスク。家具はどれも木製で、脚元は沙に埋まっていて、反ったり割れたり腐ったりしていた。デスクの正面には窓枠があって、外を覗くと池が見えた。

ワンルームの片隅、クローゼットの傍に、サイドチェストがぽつねんとあった。物が少ない室内の隅に追いやられている様は、失態を犯して気落ちしているようだった。その引き出しにノートが入っていた。表紙を捲《めく》ると、手記だった。一ページ目の上部に記された日付は、七十年前。つまり、大沙嵐が起こって、世界が沙に埋まった直後だ。筆者の名前はどこにも記されていなかった。

わたしは時間をかけて手記を読んだ。音読をして、同じところを何度も読み直して、一文一文を理解しながら熟読した。手記のペン字は整っていた。文字のひとつひとつが大きくて、行間も均等に空いていて、まるでロボットが書いたような体裁だった。すごく読みやすかったので、一週間で読了できた。手記はノートの六分の五くらいで唐突に終わって、残りは白紙だった。筆者が這ってでもどこかへ向かったのか、向かわず最期を迎えたのかは、わからなかった。唯一救われたのは、廃墟内に筆者の亡骸らしきものがなかったことだ。

手記に綴《つづ》られた言葉の連なりは、鋭くて、アイロニックで、独りよがりで、脆かった。この人はきっと、乾いた沙の世界に馴染めなかった。だからこんな辺境の地にやってきた。孤独と音楽を支えにして。

名前も知らない筆者のことが、少し、好きになった。

以来、わたしはこの廃墟を別荘と呼んでいる。手記にあったとおりの呼び方だ。

日陰に包まれた別荘には、トイレやお風呂がない。クローゼットや棚の中身は古びた布や小物、割れた食器で、ＣＤやレコード盤とやらも見当たらない。見当たったとしても、わたしにはそれらがどんな物体か、どうやって扱うのか、わからない。

窓から見える池のことは、手記にも度々記載されていた。七十年前からそこにあって、どうやら涸れ知らず。池に小魚が泳いでいるのも、昔からのようだ。

別荘に来たら、小魚に挨拶をして、池畔に腰を下ろす。ギターをケースから取り出して、チューニングする。タブレットの画面をタップして、適当に曲をかける。それに合わせてギターを爪弾き、ハミングする。七十年以上前の、何度も聴いた、誰が作ったのかも、いつ作られたのかも知らない曲を。楽譜がなくても音を合わせることができるのは、わたしの特技。ここでは無用の長物。そうやって喉を慣らしてから、自作の曲を演奏する。ずっと直し続けている、題名の決まっていない、オリジナル曲。何度も弾いては直し、脳内の楽譜を書き換えては、また弾いて、歌う。

歌っているときの、腹の底の具合が好きだ。孤独感とライブ感が好きだ。空気の震えは沙に吸収されて、そのうち消えてしまうけれど、確かにいまこの瞬間、音はここにある。何より、別荘なら誰の迷惑にもならないし、誰も来ない。誰もわたしの歌を聴かない。人目を気にしなくて済む。わたしだけの避難所。歌を聴かない池の小魚だけが、わたしの聴衆。

本当は、みんなの前で歌いたい。この街を出ていきたい。音楽で生きていきたい。そう思っているのに。

2

「ロピ」

パパに呼ばれた。靴を履いていたわたしは、玄関で振り返った。靴箱の上のママの写真と、一瞬目が合った。

「進路希望調査の再提出、今日だろう?」パパは作業着姿だ。このあとすぐに出勤して、除沙作業を行う。「保護者のサインは、いらないんだったかな?」

「うん」

「そうか。いってらっしゃい」

いってきます、とわたしは家を出る。外廊下の防塵《ぼうじん》ガラスの向こうは、真っ白に荒れている。今日の天候は強風。視程は最悪。酷い沙嵐だ。降沙《こうさ》量も多い見込み。

マンションの地下に移動して、人混みに合流。明るい地下通路を駅へ向かう。

わたしの住むこの街は、第9オアシスと呼ばれている。南に沙堤防があって、北に山があって、その麓にオアシスがある。そして沙の大地に囲われている。決して大きくない、でも小さくもない、特徴のない街だ。どこにでもあるような、普通の街。

沙は嫌いだ。乾いていて、味気なくて、寂寥感《せきりょうかん》だけを運んでくる。肌にくっつくとザラザラするし、口に入るとジャリジャリする。今日みたいに風の強い日は屋外に出られないし、翌日は晴れたとしても歩きづらい。隙間に入り込んで、噛み合っていたものをぐちゃぐちゃにするところも嫌い。沙がくれる孤独だけは、好き。

電車に乗り込み、いつもの席に座る。発車直前に駆け込んできたエーナが、わたしの隣に座って大きく息を吐いた。「おはよ！」

「おはよう」

エーナは三年来の友達だ。わたしたちは、登校日の同じ時間、同じ車両の同じ席にリュックを抱えて座る。

「課題できた？」前髪を整えながら、エーナが言う。「問5、難しかったよね」

「ちょっとひねった問題だったね」

「あの難易度、絶対に先生の趣味だよ。気象学の愛好家ばかり贔屓《ひいき》してさ。あんなマニアックな問題、公務員志望には解けなくてもいいよね」声の抑揚がわざとらしい。「将来使わないのに、無駄なこと教えないでほしいな。授業も全然面白くないし」

「そうかもね。おっと」

電車が揺れ、膝の上に載せていたリュックサックがずり落ちた。今日は調理実習と体育があるから、荷物が多くて重たい。悪天候の日は、実習もオンデマンドにならないかな。

「床に置けば？」とエーナ。彼女はとうに、足の下に通学鞄《かばん》を入れている。「重いなら、下ろせばいいのに」

「そうだね」つい癖で抱えてしまっていた。

前髪がなかなか決まらないのか、エーナは通学鞄を開けてコンパクトミラーを取りだした。

「こいつ、もうちょっと右に行ってくれないかな」前髪の一房が意固地なようだ。「せっかく寝起きからいい感じだったのに」

「地下鉄の風って、強いよね」

「髪にも神経があれば、一々直さなくて済むのになぁ」

「代わりに切るときは激痛だ」

「なくてよかった」

再び電車が揺れた。乗客の学生と社会人は、タブレットで本や漫画を読むか、映像作品を鑑賞するか、音楽を聴くか、ひそひそ喋《しゃべ》ってくすくす笑うかしている。向かいの車窓には、反射したわたしたちが映っている。その奥には真っ暗な壁が延々と続く。地下鉄に窓がある意味ってなんだろう。息苦しさの緩和？　見せかけの開放感？

「ロピは、どう？　ちょっとは元気出た？」

「元気？」

エーナはコンパクトミラーを鞄に仕舞った。「半年くらい前は気落ちしてたじゃん。学校にも来ないで、疲れきった顔でさ。最近になって、ようやくメンタルが回復したのかなーって」

「ああ、うん、そうかも」

「よかった。やっぱりロピが元気じゃないと寂しいよ。あ、だからって、エーナのために笑顔になって、とは言わないけど、でも楽しいほうがいいからさ」

エーナは、人の輪に入ることが苦手なわたしにとっての唯一の友達だ。「そうだね」

「昨日は何してたの？　久々の晴れだったけど」

「家でゆっくり」本当は別荘に行って、池の畔《ほとり》でギターを弾いて歌を歌って、オリジナル曲を改良していたけれど、街の外に出ていることは伏せておきたい。特にエーナには。「あと、音楽をしたり」

「それ、隣の家の人に怒られない？」

「昼間なら、まだ、どうにか」へらりと笑っておくと、それ以上追及されなかった。「エーナは？」

「地下街に行きたかったんだよね。知らない？　いまスイーツ食べ歩きフェアやってるの。ホイップましましシュークリームの誘惑が……」エーナは両手を頬に添えた。甘党であり辛党であり、食べることが大好きなのだ。「でも、テキストが全然終わんなくて。次のセミナーまでにやらなきゃなんだけど……」

「法律の勉強は、楽しいんでしょ？」

「社会のルールは知ってて損しないじゃん。むしろ詳しくなりたいっていうか。でも、災害のこととか、沙関連のこととかは、学んでてもいい気分にならないよね」

エーナは沙丘恐怖症だ。幼少期に沙の恐ろしさを教わりすぎた、らしい。堤防関連の仕事にだけは就きたくない、絶対に街から出たくない、大事な人にも出てほしくない、とよく言う。

「そもそもこの国って、もう人が住むところじゃないし、国外避難できる人は大沙嵐の直後に出て行ったわけで、エーナたちは取り残された側なわけよ。取り残された人間で、どうにか社会を回してるわけ。ああ、限界状態の国に生まれた、かわいそうな若人《わこうど》たち！　……これ、セミナーの受け売りね」

「生まれる場所は選べないってやつだ」

「運命って残酷だよねぇ」エーナはシートに凭《もた》れた。「やっぱり、ロピも一緒に公務員目指さない？　いまが乗り換えチャンスだよ。レッツゲット、安泰」

冗談だとわかっているのに、わたしはうまく返せない。まごついていると、「なんてね。でもロピったら優しいから、押しに弱くて、そのうち頷いちゃいそう」

「そんなことないよ」とわたしは言う。優しさ、押しの弱さ、どちらを否定したのか、自分でもわからない。

「音楽隊なら、夏には内定決まるんでしょ？　うらやましいなぁ」

「うまくいけば、ね」

「でもさ、一応、公務員も考えておいてよ。無理強いはしないけど、やっぱり街の外に出るって、ねぇ。ロピには危ないことしてほしくないし、卒業してからもたくさん遊びたいから」

あ、もちろん、ロピの夢は応援してるんだよ、と付け足される。「だから、半分冗談」

「半分本気？」

「本気。嘘。エーナの希望。わがまま」

「ほんと、調子いいなぁ」

くく、とエーナが笑う。自分の意見を衒《てら》いなく言えるのは、エーナの短所であり、長所だ。

公務員志望者の就活が、秋に終わる。そのあとに企業志望者の内定が出る。そこで溢《あぶ》れてしまった人も、学校の斡旋《あっせん》を受けて、順次働き口を見つけて、年度内に社会的な居場所を見つけていく。学校のカリキュラムも、その流れに沿っている。わたしたちは今年のうちに就活と一般教養課程を終え、来年には研修生と学生を並行でこなして、働く準備をする。そうして再来年の春には、晴れて立派な社会人。それが一般的な進路であり、学生に敷かれたレール。自動的に進むトロッコに乗って、与えられたものを咀嚼《そしゃく》して、努力していれば、どうにかなる。若者が引く手数多《あまた》なのは、人手が圧倒的に足りていないからだ。七十年前の大沙嵐の大災害以降、出生率の低下と国外への流出に歯止めがきかず、総人口は減少の一途をたどり、働き手が慢性的に不足している。だから、どこに行っても、どんな人でも、必要とされる。

この街で生まれて、この街で生きる。沙の大地に囲まれて、巨大なオアシスを守って、沙堤防と防風林を管理して、安定した仕事に就いて、機械で娯楽を享受して、安全で快適な生活を送る。穏やかな日々を大切に過ごす人を、否定するつもりはない。ここは良い街だ。音楽の腕を磨くには、不向きな環境ってだけで。

わたしはトロッコから下りて、レールから外れたい。

「あ、先輩」エーナが片手を小さく振った。

車両の奥のシートに座っている男子生徒が、右手を小さく振り返した。わたしに会釈してから、視線を手元のタブレットに戻す。先輩ということは、最終学年だ。

「去年の末に引退しちゃったんだよね」エーナが小声で言う。「なかなか就職決まんなくて、部活に時間割けないから、って。すごく強かったんだけど」

「もったいない」

「でも、仕方ないよ。働かないと生きていけないし」

車内に自動アナウンスが流れ、電車がスピードを落として、停まった。ドアが開く。

わたしたちは人の流れに乗って、ホームの階段を上り、改札を出た。地下通路を、学校方面へ進む。同じ制服を着た集団が、幅の広い通路を、ぞろぞろと、喋りながら、ふざけながら。

「ロピは次の試験だいじょうぶなの？　教科書読めそう？」

「どうにか」

背後から「おはよ！」と声を掛けられた。振り返ると、数人の集団が手を振りながら近づいてくる。エーナが「おはよ！」と返した。スカッシュ部のメンバーだろう。邪魔になる前に別れを告げて、わたしは先に昇降口へ向かう。背中のリュックが重い。肩に食い込む。

機械のある特別教室へ向かう途中、担任に呼び止められた。

「進路希望調査は、提出できますか？」

切れ長の目元は今日も涼やかだ。わたしはリュックから取り出したそれを、クリアファイルごと渡した。

第一志望を見た担任は、眉を顰《ひそ》める。

「ご家族としっかり話し合いましたか？」

わたしは頷く。第二志望以降は空欄だ。

「では、音楽隊の入隊試験を受けて、卒業後は首都に行くんですね?」

頷く。

「志望動機は、書かれていませんが」

わたしは黙る。〝楽しいから〟とか〝やりたいから〟と書いて受け取りを拒否されて以来、書き方がわからなくなった。

担任はしばらく調査書を眺めてから、「わかりました。渡したいものがあります。放課後に時間はありますか?」

「はい」

「では授業終わりに。そろそろ一限が始まりますよ」

特別教室へ急ぐと、教室にはクラスメイトのほとんどが揃っていた。教卓では古典の先生がタブレットをスワイプしている。

教卓の上には、トースターくらいの大きさの〝機械〟がある。機械とは、楽譜とか絵画とか本とか、実物は沙に埋もれてしまったけれど、電子データはかろうじて無事だった——そういう作品を集合知みたいに保存している装置だ。正式名称はクリエイター。そう呼ぶ人はいない。ここにあるのは子機で、作品をダウンロードするためのもの。親機は街の広場にある。

エーナが教室に入ってきて、席に座る。チャイムが鳴って、古典が始まった。先生は気怠そうに機械のボタンを押して、教材の作品にアクセスして、データを全員のタブレットに共有した。データを解凍すると、液晶画面に文字列が表示された。どれもこれも掠《かす》れて見える。拡大するとマシになるけど、やりすぎると遊んでいると思われるから、ちょうどいい拡大加減を探す。

前の席の人が、舟を漕ぎ始めた。二限のパソコン実習に備えているのかもしれない。

「昔の人が遺したものなんて、何の役に立つんだろうね」

パソコン教室に移動中、エーナが欠伸《あくび》をしながら言った。わたしは「うーん」と返す。「役に立つかどうかわからないことを知ることも、大事だと思うな。わたしは」

「余裕があればね。毎日毎日、課題、予習、復習、テスト勉強。部活もあるし、習い事もあるし、趣味もあるし、家の手伝いも。何かを捨てないと、やっていけないじゃん？　先に切り捨てるべきは、役に立たないことでしょ？　やりたい人がやればいいんだよ、ああいうのは」

「まあね」

「無駄な知識は邪魔になる」と言い切ったエーナは、はたとわたしを見た。「ごめん。ロピはああいうの、好きなのに。無神経だった。悪気は」

「ないんでしょ。わかってる」

「くう。その優しさに救われます」

「気にしないで」いまさらエーナの言葉に傷つきはしない。本心を隠してニコニコされるより、余程いい。「成績の判定、ノート提出だと思う？」

「じゃない？　去年もそうだったし。ノートとれてないの？」

「あんまり」

音として理解するほうが楽だから、タブレットに書き込む暇があったら顔を上げて授業を聴いている。先生はわたしのまっさらなノートをお気に召さないけど。

「筆記テスト、そんなにきつい？」

「きつい」時間が足りない。問題文を最後まで読むことができない。「読むスピードって、どうやったら上がるんだろう」

「ロピは特別遅いよね。でも、頑張れば読めるんでしょ？」

まったく読めないわけじゃないから困るのだ。対話形式の口頭テストって、頼んだら実施してくれるのかな。読み上げ機能を気兼ねなく使える環境にしてください、とか、お願いしてみるのも……。いや、生徒ひとりを優遇するわけにもいかないか。「頑張るしかないね」

エーナが立ち止まった。「これ」

わたしも立ち止まる。渡り廊下だった。「どしたの？」

エーナは掲示板を見ていた。真新しいチラシが一枚貼ってある。「音楽隊って書いてあるよ」

「どこ？」

「ここ、ほら」

わたしはチラシに印字された文字を指でなぞり、ひとつずつ発音した。「音楽隊、野外コンサート、開催。ほんとだ」

「これ、正面玄関の掲示板には、なかったよね。さっき貼られたのかな」わたしより後に読み出したのに、わたしより早く読み終わったエーナが、周囲を見遣《みや》る。掲示板に貼られた他のチラシもざっと読んでから、「担任もいじわるだなぁ。いのいちばんに、ロピに教えてくれたらいいのに」

「放課後に呼び出されたから、そのときに教えるつもりだったのかも」

チラシによると、コンサートの開催日は来月末の連休、二日間。場所は広場。参加費は無料。

わたしの進路希望先である音楽隊が、この街に来る。首都から一等離れた、この街に。最後に来たのは、確か十一年前。当時見に行けなかったのは、ママの事故でそれどころじゃなかったから。

「コンサートが終わってから、音楽隊の方と話す時間があるかな」

「あるんじゃない？　あ、ほら、演奏者との簡単なトークもオッケーって書いてある」

よかった。いろいろ質問しよう。働き方とか、日々のスケジュールとか、どうやって稼いで、どんな生活を送っているのか、実技試験についても。

「ロピはどうして音楽がやりたいんだっけ？」

言葉を探していると、エーナが「ごめん」と笑った。「説明できないこともあるよね」

「うん……しっくりくる理由が、見つからなくて」

「まあ、エーナとしては？　公務員に心惹かれてほしいんだけどね？　好条件だし、職場環境もいいし、やりがいもあるし」

わたしは苦笑する。「そうだねぇ」

この街で就職して、社会人になって、エーナとの関係がずっと続くのは、さぞかし最高だろうな。

「そういえば、機械のアプデが入るって聞いた？」エーナが歩き出す。

「メンテナンスじゃなくて？」わたしも歩き出す。

「模倣品とか、アマチュア作品も追加するんだって。いままでは、歴史的価値のあるオリジナル作品ばかりだったでしょ」

「音楽も増えるかな」

「どーだろ。エーナが聞いたのは、誰かの日記とか、自伝とか、真偽が怪しい科学書とか、ドキュメンタリーなのかフィクションなのかわかんない映画とか、絵がとっても下手な漫画とか」

エーナのママは、機械を管理運用する団体で働いている。その伝手《つて》で聞いたのだろう。

「とにかく、価値がよくわかんないものを全部追加してコンテンツを充実させよう、ってことみたい。メインサーバーに空きがあるんだって。それよりデータベース検索のソート機能を改修してほしいよね」

放課後。担任は、渡り廊下で見たチラシと同じものをわたしに手渡して、参加を促した。音楽隊に所属する方々から、生計の立て方や暮らしぶりを聞いてくるように、と。

「芸術を仕事にするのは、普通に働くのとはわけが違いますからね。音楽隊について一緒に調べて、夏前に改めて面談を行いましょう。進路はいつ変更してもかまいません。まだ充分間に合います。自分や現実と向き合って、しっかり考えるように」

帰宅して、課題を終わらせた頃、パパが帰ってきた。

「新しい除沙車が購入できそうだ。いまのは古くてすぐ詰まるから、助かるよ。ロピは、今日は、学校はどうだった？　実習はうまくいったか？」

「うん」

「勉強は順調か？」

「うん」

「晩ごはんにしようか」

「うん」

半年前、わたしが学校に行くのを嫌がったとき、パパは一切咎《とが》めなかった。「若いときは、そういう気持ちになるもんだ」と笑って、「パパは応援してるからな」とわたしの肩を叩いて、「ロピならどんな障壁でも乗り越えていける」と頷いていた。理由すら訊かれなかったのは幸いだった。わたしも、自分のなかのモヤモヤをうまく言語化できなかったから。

空になった皿をシンクへ下げて、わたしは布巾でテーブルを拭く。

「進路希望調査、どうだった？」皿洗いを始めたパパが、アイランドキッチンから尋ねる。

「受け取ってもらえたか？」

「うん。あと、音楽隊のチラシをもらった」

「チラシ？」

「来月末に、音楽隊が野外コンサートをするんだって。いろいろ質問もできるみたい」

「先生が教えてくれたのか」

「進路についてしっかり考えなさい、って。夏前にまた面談してくれるって」

「良い先生だ。一応、就職先も考えておこうな。何があるかわからないし、選択肢は多いほうがいいだろう」

　蛇口がひねられて、水の流れる音がする。

「新人の話を聞いてると、先行き不安だって言う子が多いよ。沙面積は増える一方なのに、その原因は不明だし、予算がつかないから、研究される兆しもない。国は衰退し続けてる。将来が不透明な状態だから、地に足が着いた仕事に就けてよかったです、って」

「そっか」

「達観してるよなぁ。パパが若い頃なんて、なんにも考えてなかったのに。まあ、安定志向になる気持ちも、わからなくもないよ。そういえばパパの知り合いにも」

「写真家さんでしょ？」沙丘の写真を撮ることが好きで、写真集を作ったけれど売れなくて、ひもじい生活を送って、ある日街の外に出たっきり、行方不明。「前に聞いたよ」わたしはカウンターから手を伸ばして、布巾をシンクの縁に置いた。

「そうか、ごめん。でも、他人の経験談を聞くのは大事なことだと思うんだ。他にも」

「就職せず家に籠《こも》って、連絡が取れなくなった人？　社長になって大金持ちになるって息巻いて、詐欺で逮捕された人？」

「まったく、パパの知り合いには碌なやつがいないなぁ」

ははは、とパパは朗笑する。「いまじゃ考えられない、無茶苦茶な時代だった」それに合わせるわたしの笑いは、乾いている。

パパは最初、わたしの音楽隊入隊試験の受験を渋った。それでもわたしが頑として意志を曲げなかったから、「根負けしたよ」と折れてくれた。そのあとで、そういった、うまくいかなかった人たちの話を聞かせてくれた。「世の中には、小さな挑戦から始まる一大スペクタクルや、成功体験を語る人たちが溢れている。でも本当は、失敗のほうが多いんだ。挑戦して、失敗して、人は学ぶ。だから、どれだけうまくこけられるかが大切なんだ。ようは持ち直せたらいいんだよ」。

パパはきっと、心のどこかで、わたしの音楽への傾倒を遊びの一環だと思っている。そのうち落ち着いて、それこそ失敗から学んで、現実的な思考になるだろうって。音楽以外の選択肢を提示するのは、わたしがいつでも立ち返れるように。

たぶん。

わからない。パパは本当に、心底、わたしを応援してくれているのかもしれない。もしくは本当に、心底、わたしの進路選択に呆れ返っているのかもしれない。わからない。いつかパパが決定的な一言を放って、わたしがその一言にいたく傷ついて、それを理由にふたりが決別する光景を、思い浮かべる。フィクションの世界でよくあるような、喧嘩《けんか》別れ。そうなればいいのに、と思う。なんて酷い妄想だ。

キュ、と蛇口の閉まる音。

「ロピ」

タオルで手を拭いているパパが、柔らかな声音で言う。

「無理しなくていいんだからな。挑戦しなくても、何かになろうとしなくても、ロピは充分立派なんだから。生きてるだけで、それだけでいいんだ」

「うん」

「ロピが充分頑張ってることを、パパは知ってるからな。ありのままでいいんだぞ」

「うん」

パパは優しいから、頭ごなしにわたしを否定しない。だからわたしは、パパの意見に逐一相《あい》槌《づち》を打つ。不安定な仕事に就きたいって言う子供を手放しで応援することの難しさは、想像できるから。

「でも、」

でも。たとえ世界中のあらゆる職業を並べて、その魅力をプレゼンされたとしても、音楽に囲まれて生きることの楽しさには、遠く及ばないだろう。

「わたし、音楽をもっとやれたらいいな、って、思ってるよ」

「おっ、その心は？」

「そうしたい……から」

「はは、ロピは本当に、歌うことが好きだなぁ」

パパの目じりにしわが寄る。たぶん、あの映像を思い出している。

「お風呂に入るね」とわたしはリビングを後にする。自室に入って、ドアを閉め、凭れる。暗い部屋のなか、唇を舐める。かさついて、皮が剝けている。

もうずっと、長い間、わたしの胸の奥には、漠然とした不安の靄《もや》が巣食っている。それは乾いていて、味気なくて、必死に歩いているわたしの周りを澱《よど》ませる。いつかこのかさついた靄に完全に包まれてしまうのではないか。そんな不安が、次の不安を生む。負のスパイラル。それでも心のバランスを保っていられるのは、靄を吹き飛ばしてくれるような、何にも代えがたい、純粋な喜びがあるから。つまり、音楽。

わたしが音楽を選ぶのは、勉強ができないからじゃない。有名になりたいからでも、音楽を利用したいからでもない。音楽に浸りたいからだ。音楽が好きだ。音楽に関わっていきたい。音楽を仕事にしたい。音楽で生きていきたい。わたしの周囲の人は、わたしの気持ちを汲んでくれている。パパも担任も、わたしを尊重してくれる。わたしを強く引き留めない。エーナだって、わたしが街の外に出るのを嫌がるけれど、わたしを強くは否定しない。みんな優しい。わたしは入隊試験を受験できる。街を出ていける。だのに不安はなくならない。不安の種がわからない。目指したい場所があって、視界は開けて明るいのに、進んでいる気がしない。これでいいのだろうか、と思ってしまう。

どうしてだろう。わたしは一体、何に悩んでいるのだろう。こんなにも恵まれているのに。理由や動機が足りていないから？　自分に自信がないから？

3

天気予報が出た。音楽隊の野外コンサートの初日は晴れ、翌日は大荒れの見込みだったので、わたしは初日に広場へ足を運ぶことにした。エーナを誘ったら、「勉強をサボる口実！」と軽口を叩きながら来てくれた。

音楽隊は、首都を拠点に活動する芸術団体だ。芸能事務所兼、養成所のようなもので、トップチームとサブチーム、それからサークルチームで構成されている。音楽を志す人にはもってこいの環境らしい。特にトップチームとサブチームには、音楽家志望や音楽業界で働いている人が所属していて、入隊試験はちょっと難しいし、レッスンも厳しいけれど、その分恩恵も多いのだとか。

改札を出て階段を上ると、青空が広がり、広場は祭日のように賑やかだった。

広場の中心から、音楽が聞こえた。そこには楽器を抱えた集団が陣取っていて、ギター、キーボード、ドラム、フルート、ヴァイオリン、見たこともない楽器を演奏している人もいた。音ががちゃがちゃと、でも不思議と楽しく重なって、まるで空気が踊っているようだ。彼らの奏でる曲に合わせて、大勢の観客が手拍子を打っている。

「すごいね。生の演奏、初めて聴いた」

目を輝かせたエーナは、人だかりの後方で身体を左右に揺らした。わたしは音楽に耳を傾ける。彼らの奏でている曲は、軽やかなクラシックだ。機械を通して聴いたことがある。でも電子データのそれとは全然違う。実際に楽器があって、演奏する人がいて、音がある。空気が揺れている。臨場感がある。

クラシックが終わって、次の曲が始まった。前奏でジャズだとわかる。これも聴いたことがある。わたしはジャズが好きだ。スイングが心地好い。エーナは「変な曲」と楽しそうだった。やがて音がフェードアウトして、しっとりとしたバラードに変わった。

人の壁に阻まれていたわたしたちは、背伸びに疲れてきたので、広場近くのキッチンカーでチュロスを買って、ベンチに腰かけた。

「これさ」と、エーナが鞄からチラシを取り出した。広場の入り口で配布されていたものだ。わたしも受け取っている。チラシには、入隊希望者は要チェック、と記されている。下部の細かな文字列を指して、エーナが言う。「チームで募集要項が違うんだね。ロピは、トップチーム志望？」

「トップとサブ。併願もできるから」

「何が違うの？」

「サブは大衆音楽がメインらしいけど、大きな違いはないみたい」

音楽隊の入隊試験は年に二度、夏と春先に実施されている。わたしの卒業は来年度の末。卒業までに進路を固めたいから、わたしに与えられたチャンスはあと三回。でも、交通費の問題がある。おいそれと首都へは行けないし、金銭の工面について、わがままは言いたくない。

「できるなら、今年の夏で決めないとね」

「それで合格したら、ああやってコンサートとかするんでしょ？　かっこいいねぇ」音楽隊を眺めるエーナの笑顔は、屈託ない。「ロピは何の楽器やってるんだっけ？」

「ギター」

「実技試験もそれで受けるの？」

「うん」

音が止み、ロック調の曲に切り替わった。

「飛び入り参加、大歓迎！」

キーボードの人が声を張った。観客はわっと盛り上がり、手拍子とコーラスをする。

曲の一番が終わった間奏で、ギタリストが足元に設置していた小型機械のボタンを押した。

歌詞を共有したようだ。観客たちがタブレットを見ながら歌い出した。老若男女の統一感のない声が重なり、弾む。

混ざりたい。

もしあそこに自分がいたら。

歌詞を見て、歌う？

ぐるり、と視界が渦を描いて、血の気が引いた。

「へえ、こんな歌詞なんだ」エーナが何か言っている。

わたしは息を吸い、俯《うつむ》いて聴き入っているふりをして、「楽しそうだね」と、努めて平淡な声音で言う。「ギターを持ってくればよかった」

「聴きたかったな、ロピの演奏」エーナはたぶん、タブレットを操作している。わたしが歌うことを、彼女は知らない。「よし、ダウンロード終了。今日の思い出に。ねね、最初に流れてた滑らかな感じの曲って、なんて題名？」

「『春』だったと思う。似たような題名の曲が多いから、試聴したほうがいいかも」

「そうする。よし、音楽隊コンサートの再生リスト（仮）、作成！　曲を記念にするのって、なんかいいよね」

「そうだね」わたしは顔を上げて、笑い返すことができた。「生の音は保存できないけどね」

「録音禁止なの？　そんな看板なかったと思うけど」エーナは周囲を見回して、動画撮影可と書かれたパネルを指した。「ほら、混ざっておいでよ！　録画してあげる」

慌てて首を振る。「や、やだよ。楽器もないし」

「そう？　借りたりできないのかな。予備とか」

「ないと思う。高価なものだから」

そっかぁ、と残念そうに言われた。

観客が拍手をした。曲が終わったのだ。

拍手がやんでから、キーボードが演奏を始めた。それに続いてクラリネットが、ムーディーなメロディを奏でる。途中からドラムが入った。和やかだ。クラリネットの主旋律が美しい。

「落ち着く曲だねぇ」

エーナがベンチに凭れた。さっきまで騒いでいた観客たちも、ゆったりとしたリズムを感じている。

「この街にも音楽隊みたいな団体があれば、ロピが首都に行くこともないのになぁ」

「どうだろうねぇ……」とわたしは言う。少し、口のなかで言葉を転がす。「あのね、身体のなかには、水があるんだって」

「みず?」

「人の身体は、半分以上が水でできている。だから身体は器で、そのなかには水がある。人はその水に、魚を泳がせることができる。その魚が、音楽」受け売りだけど、と付け足す。

「へぇ」エーナはしばらく考えてから、「魚って、どんな魚?」

「どんな……」

「マグロ?　アジ?　サンマ?」

「考えたことなかった」

今度、魚の図鑑を適当にダウンロードしてみよう。

「とにかく、その魚に形らしい形はないけれど、確かに存在している。泳がせたいと思った魚を、人は器のなかに入れる。そうして大切に守って、次の人へ渡していく」

「おもしろい考え方だね」

「ね」

演奏にビブラフォンが混ざった。音が転がる。ジャズバラードだ。なんて題名だったかな。星にまつわるものだったような。

クラリネットが独奏でメロディを奏でて、曲が終わった。

「渡すだけじゃなくて」

わたしの口火は、観客の拍手に掻き消えた。

渡すだけじゃなくて、生み出してみたい。

新しい魚は、いつ生まれるんだろう。もう八年近く直し続けているあのオリジナル曲は、題名も一向に決まらず、完成する兆しも見えず、果てしなく未熟だけど、いつか新しい魚になりうるだろうか。誰かの身体のなかに、その魚を泳がせることは。

次の演奏が始まる。

ギターを持参して、飛び入り参加して、伸びやかに歌ってみたい。みたいと思うだけ。人前で歌えないわたしが、誰かの身体のなかに新しい魚を泳がせたい、だなんて。

夕方に差しかかった頃、エーナは広場を去った。

「そろそろ現実に戻らなきゃ。また誘ってね！」

強くなる西陽のなか、わたしは観客の塊を眺めていた。立ち去る人、立ち止まる人、興味のない人、連れ立ってくる人。入れ替わり、立ち替わり。音楽が好きだけど、音楽を仕事にしていない人たち。ここは特等席だな、と思う。音楽を楽しむ人たちを、見渡せる。

やがて街灯が灯り始め、緩やかな風が吹き出した。観客はひとり、またひとりと去っていく。音楽隊も感謝を述べて、撤収作業を始めた。わたしはぎゅっと首をすぼめて、ベンチから立ち上がった。

「あのう」

声をかけると、ギタリストが顔を上げた。「はい」

「夏に、入隊試験を受けようと思ってるんですけど」

「ああ」ぱっと花が咲いたように、彼女の頬が上がる。「学生さん？」

「来年度に卒業です」

「てことは就活中か。音楽経験は？」

「ギターを」歌のことは伏せておく。「初めての受験で」

なんだなんだ、と他の演奏者たちが集まってきた。誰かがチラシを持ってきて、「どうぞ」とわたしに差し出す。来たときに受け取ったものと同じだ。でも受け取ってお礼を言う。

「トップとサブは厳しくても、サークルならすぐ所属できますよ」

サークル受験者用の欄に、得意な楽器や演奏技術を簡単に確認します、とポップな字体で記されていることを、わたしはすでに知っている。

「サークルの試験は難しくなくて、即興で演奏できるかどうかもテストしますが、できなくちゃいけないわけじゃないですよ。音を楽しむのがいちばんですからね」マリンバ奏者が付け足した。「わたしたちもみんなサークルだけど、トップやサブと比べ物にならないくらい緩いし、わたしは入隊してからマリンバを始めたから」

「ギター歴は、どれくらい？」ギタリストが訊く。

「八年です。何曲か、弾けます」

「古典ロック？　それともアレンジ？」

「基本、なんでも。あと自分で制作を」

「へえ、いまどき珍しいね。作詞も？」

「少しだけ」

おお、と大人たちが大袈裟に反応する。

わたしは何気なさを装って尋ねる。「音楽隊には、歌手とかもいるんですか？」

「いますいます。数は少ないし、今回は来てないけどね」と答えたのは、手ぶらの女性だ。すでに楽器を片したか、楽器が大きくて持ち運べないのだろう。

「もしきみが歌えるなら、ますます楽しみが増えますね」トランペットを持つ若い男性が言った。「ジャズのボーカルを探してるから」

コントラバス奏者の女性も嬉しそうに首肯した。「きみくらいの学生さんも、数人所属してますよ。習い事や趣味の一環で。卒業しても週一で来てくれる子とか」

「音楽を仕事にするには、どうしたらいいですか？」

「仕事に？」

「トップかサブに入りたくて」

「ああ……」

わたしの質問に、彼らは顔を見合わせた。

ごうっと地鳴りのような風が吹いて、広場の木々がしなり、葉が擦《こす》れて、無数の乾いた音を立てた。肌にぽつぽつと沙粒が当たる。

「さっきも言った通り、僕らはサークルでね」フルート奏者が言った。「言ってしまえば、同好会なんだよ」

「割に合わない副業、ボランティア、という感じかな」ヴァイオリン奏者がしみじみと言った。白髪に痩軀《そうく》の、六十代後半くらいのおじいさんだった。

「けど自分は、仕事じゃないからこそ、楽しいよ。自由があって」とキーボードの男性が朗らかに告げ、他の奏者が追従した。わたしは尋ねる。

「じゃあ、今日は、トップやサブの方は、いらっしゃらないんですか？」

「ごめんね」

「ああいえ」慌てて首を振る。「こちらこそ、先に伺えばよかったです」

「そもそも、トップやサブの人たちとは、交流がないからなぁ」

「すれ違うこともないからね」

「スタジオが別だから」

「きみ、ご家族の支援は得られそうかな？」ヴァイオリン奏者が尋ねた。「たとえば、家族で首都へ引っ越す、とか」

「それは」相談したことはなかった。でもパパの仕事は、街の暮らしを支えているし、パパも自分の仕事に誇りを持っている。「独り暮らしの予定です」

「なら、最初のうちは本当に苦労すると思うよ」ヴァイオリン奏者の口調は優しい。「いちばん大切なのは、体力。次に努力」

「それから継続力」とクラリネット奏者が続ける。「忍耐力、とも言うかもね。レッスン費用のためにアルバイトをして、ずるずる怠けちゃって、辞めちゃう子もいるって聞くから」

「あと挑戦」離れたところで黙々とアンプを片付けていた人が、こちらに背を向けながら鋭い口調で言った。「トップチームに所属する方々は、何十年も楽器を触ってきた人ばかりだ。レベルが違う。まずはその自覚が必要。挑戦は、実力を測る良いものさしになる。小さな挑戦を繰り返せばいい。成長のためにも」

ははは、と数人が笑った。

「そうだね。そういう機会は、入隊してからも、たくさんあるよ。いくらでも成長できる。諦めなければ、音楽家としてやっていける。僕も昔、一瞬だけトップにいたからわかるんだ」ヴァイオリン奏者が目を細めた。「腰を痛めて、仕事として続けるのがつらくなって、サークルに移ったんだけどね。こういう音楽との付き合い方もある」

「ですね」とコントラバスをケースに仕舞った女性がつなげた。「音楽家を志すなら、音楽隊がいちばん堅実だと思う。むしろそれ以外は、プラットフォームが脆弱《ぜいじゃく》だから。でも、固執する必要もないよ。二十代を棒に振るのはもったいないし、音楽以外に得意なことがあるのなら」

「ちょっと、せっかく若者が挑戦しようとしてるんだから」ドラム奏者が、彼女を肘で小突いた。「ごめんなさいね。持ってるギターは、エレキ？　アコギ？」

「アコギです。ポップスメインで」

「なら、系統的にはサブを受けたほうがいいかもね。もちろん併願がおすすめだけど」

それからいくつか質問をした。音楽隊に所属する利点とか、トップやサブのレッスンのスケジュールとか。音楽隊の演奏者たちは、わかる範囲で答えてくれた。アドバイスもたくさんくれた。結局のところ、「トップやサブに入るのは、それなりの実力とやる気があれば可能」「当然だけど、入ってからが肝心」「音楽を仕事にしたい気持ちはわかるけど、音楽しかない、って思ってるなら、一度冷静になってみて」「それでもやっぱり、と思うなら、素直に挑戦してみたらどうか」だった。

「首都は人も多いし、施設も多いし、たくさんのチャンスが転がってる。生まれ育った街を出て、違う環境に身を置くっていうのも、大事なことだ」

「私たちは、音楽を志す者を応援するよ。きみの夢が叶うことを願ってる」

「楽しむ心を忘れずに」

話が一段落ついたところで、「明日は中止かな」と空を見上げた誰かが言った。風が次第に強さを増していたので、帰るように促される。

「厳しいことばかり言ってごめんね」最後にギタリストが言った。

わたしは首を振る。「ちゃんと教えてくださって、ありがとうございます。生の声が聞けて良かった」

甘ったるいだけの応援は、裏が見えなくて、寄りかかるには不安が残る。どんなに厳しくても、裏表のない、あるいは裏表の見える意見が欲しい。

家に着くと、パパはリビングでソファに寝転がって、タブレットを弄っていた。畳まれた洗濯物が、ローテーブルの上に置かれていた。

おかえり、とパパは身を起こした。「どうだった？」

「いろいろ訊けた」

「そうか。よかったな」

「あのさ、パパ、首都に引っ越す予定とか、ない、よね？」

パパはしばらくわたしの顔を見てから、タブレットをローテーブルに置いた。「何か言われたのか？」

「独り暮らしは大変だよ、って」

「そうか、いや、パパは、転職は難しいかな。沙堤防の仕事だから。音楽隊専用の寮はどうだった？」

「なかった」

わたしは荷物を下ろして、パパの斜め向かいに座った。

パパの表情は渋い。

「ロピも知ってると思うけど、いまの時代、地元を離れる人は本当に少ない。もしロピが音楽隊に所属するなら、アウェーの環境でもやっていかなくちゃいけない。ロピの生活力や社交性を疑ってるわけじゃない。でも、ひとりで首都で働いて暮らしていくっていうのは、やっぱりパパは、心配になる」

「けど、首都にしかないものもあるし、音楽隊だから使える設備もあるみたいで」

「そうだな。メリットとデメリットを、ちゃんと考えていこう。リスクマネジメントは大事だぞ。将来の見通しを持っておかないとな」

「うん……」

わたしは、ただ純粋に、ずっと音楽をやるには、自分にとっての最高の環境に身を置くにはどうしたらいいか考えている。これは見通しが甘いってことなのだろうか。

「夏期休暇前の面談は、三者だったかな？」

わたしは首を横に振る。「でも、ご家族としっかり話し合ってきなさい、って言われてる」

「パパは、ロピが挑戦したいなら、応援する。けれど、ロピのやりたいことすべてを肯定するのとは、わけが違う。むしろパパは、やるべきことをちゃんとやるべきだと思う。そうしてやるべきことをやったあとで、やりたいことをすべきだと思う。そうしないと、ロピの人生が滅茶苦茶になるんじゃないかな、って」

「うん」

「ロピは文章を読むのが苦手だし、文字を書くのも得意じゃない。でも、いままで自分でどうにかしてきた。必死に勉強して、積み上げてきたものがあるはずだ。それは成績につながってるし、アピールポイントにもなるだろう？　そういう努力を虚仮《こけ》にしないほうがいいんじゃないかな。好きなこともいいけど」

「でも夏の試験は受けたい。音楽隊の人も、応援してるって言ってくれた」

「わかってるよ。でも、何回も挑戦はできないからな。全力を出すんだよ」

うん。

「ロピは音楽をすることで、どうしたいのかな。目標はあるのか？」

うん……。

「あと、できればパパにも、ロピの演奏を聴かせてほしいな。どれくらいの腕前か、気になるから」

そのうち……。

わたしはいつの間にか俯いていて、パパが困ったように笑う気配を感じ取る。「じゃあ、晩ごはんにしようか」パパが去っていく。

わたしはいま、実力を示さず、口先で逃げ切ろうとしている。少なくとも、パパにはそう映っている。ギターを誕生日プレゼントで買ってもらってから、八年以上、わたしはパパの前で演奏したことも、歌ったこともない。わたしは人前で歌えない。小魚の前でなら、歌えるのに。

だからいつまでも、自信が持てないのかもしれない。

「機械のアプデが終わったんだって」

期末試験の最後、技術の実技テストが終わってから、ホームルームまでの休憩時間。エーナがわたしの席に来た。「気にならない?」

「なるけど……」

わたしは窓の外を見遣り、エーナもそれにつられてから苦笑した。「今日はさすがにね」

酷い沙嵐だった。わたしから尋ねる。「明日は?」

翌日、風は少しあったけれど、晴れていた。オンデマンドの授業を終えてから、駅で待ち合わせて、広場へ行く。ちなみに、わたしはオンデマンドの授業が好きだ。繰り返し確認できるし、好きなところでストップできる。テキストを自分のペースで読めるから、気楽でいい。

音楽隊のいない、日常の風景を抱える広場には、ゆったりとした時間が流れていた。

広場は街の中心にあって、中央には噴水、東は半地下の小さな植物園、西には子供向けの屋内遊具、南は体育館、周縁には遊歩道と、広々とした造りになっている。昨日の沙嵐のせいで、どこもかしこも薄らと白くなっていた。除沙作業が追いついていないようだ。

広場の北側に、二階建ての雑居ビルに似た灰色の直方体がある。物静かで、一見のっぺりとしていて、近づくと表面は細かな凹凸でざらついている、巨大な物体。〝クリエイター〟。七十年前の大沙嵐を生き延びた、あらゆる作品のデータが保存されている集合知の親機。

直方体の正面にはタッチパネルがついている。そこに欲しいものを入力して、表示される項目と質問に答えていくと、それに合致するものを、保存されたデータから機械が選別してくれる。媒体はずっと電子データだったけど、少し前に3Dプリンタが実装されて、実体も作製できるようになった。

「アップデートのお手並み拝見」

エーナは早速タッチパネルに「明るい音楽」と入力して、いまの気分や好みのアーティスト名を回答してから、音楽再生用の小型端末を機械にかざし、データを読み込ませた。既存のプレイリストから、よく聴く音楽の傾向が機械に反映される。双方の画面に「プレイリスト作成中」と映り、ローディングはものの数秒で終わった。小型端末の画面に、更新済みのプレイリストが表示される。

「前のやつ、何回も聴いたから飽きてたんだよね。ロピもする？」

「うん」

わたしも「音楽」と入力して、新曲を小型端末に追加した。新しい音楽との出会いは、わくわくする。

「ね、この曲、すごくかっこいいよ」

傍のベンチに座っているエーナが、端末をわたしに向けた。「疾走感があるし、歌詞もいいし、声も綺麗。ほら」

わたしも耳を傾けて、ひとしきり聴いた。テンポが速くてベースやドラムが身体に響く、ロック調の曲だ。ジャン、と曲が終わって、次に移った。バラード調だった。低い男性の歌声が哀愁を感じさせる。エーナが首を傾げた。

「なんか違うな」

すっとスワイプされて、曲が削除された。次に流れ出したのは、軽やかなポップソングだ。

エーナの好みっぽい。

「はやくこいよ！」

元気な声に顔を上げると、男の子の集団が機械に駆け寄ってきたところだった。我先にとタッチパネルを奪い合って、「何分？」「十五分」「十五分だって」と口々に言い合い、何も受け取らずに去っていく。３Ｄプリンタで出力したのだろう。電子データ以外は、転写作製に時間がかかる。

次いで二十代の男女グループがやってきて、落ち着いた雰囲気で数言交わしながら画面をタップして、大きめの端末を機械に読み込ませた。「百分」とか「こっちは三時間」とか聞こえたから、映像作品をダウンロードしているのだろう。これからみんなで鑑賞するのかな。

「この曲、いいね」エーナが手元の画面をタップした。「評価しておこう。☆５！」

評価の高い曲は、他の人にも再配布される仕組みだ。

いま聴いている曲が、いつの時代のもので、どんな人が作ったものか、わたしたちは気に留めない。作成年月日も関係なければ、プロもアマもない。機械に追加された曲は、余さず新曲だ。エーナのママが言うには、これからどんどん精査の済んだコンテンツが追加されていく。精査が済んだ、っていうのは、データの破損チェックとか編集が済んだ、って意味。そうしてどんどん新曲が増えていく。

さっきの男の子の集団が戻ってきた。彼らが受け取り口から取りだしたのは、ボードゲームだった。わたしもやったことがある。評判を聞いて、自分たち用に作ったのだろう。

そのあとから杖をついた老夫婦がやってきて、タッチパネルをゆっくり押して、何も受け取らず、空いていたベンチに腰かけた。

中年の女性ふたりがやってきて、しばらく楽しそうにタッチパネルを押して、タブレットにデータを読み込ませた。途切れ途切れに聞こえる会話から、どうやら漫画を一括ダウンロードしているようだ。

ベンチの老夫婦は、仲睦《なかむつ》まじくお喋りしている。

「この曲、なにこれ。うるさすぎ。ほんとに好みを反映してくれたのかな」エーナはまた曲を削除した。

ピッと機械のアラームが鳴った。老夫婦が立ち上がり、機械に近寄って、生成された額縁を受け取って、去っていった。きっと絵画だ。部屋に飾るのだろうか。

広場に入ってきた三人家族が、機械を操作して、待機して、両手に抱えるのがやっとの造花の花束を受け取って、並んで公園を出て行く。真ん中の幼い子供が、嬉しそうに飛び跳ねる。

「そういえば、先輩がさ」とエーナが言った。

前置きがなかったということは、いつかに電車で見かけた、スカッシュ部の先輩のことだろう。「先輩が？」

「この前、部活に顔を出してくれて、息抜きがしたいからって試合して、就活の愚痴を言い合ったんだけど」

「楽しそうだね」

「いやあ、それが、なかなか深刻そうだったよ。否定癖が直らないんだって。何か言われると、〝でも〟って話し始めちゃうから、面接がダメダメらしい。就活浪人中だし、早いとこ矯正しなくちゃー、ってさ」

すごく賢い人なんだけど、杓子《しゃくし》定規なところあるんだよね、とエーナはイヤフォンを外した。「だからロピを見習え、って言っておいた」

「わたし？」

「傾聴力と受容力は、ロピの美点だよ」

「……美点、なのかな」

「違うの？」

「肯定癖、とかじゃない？　そんな褒められた性格じゃないよ」

「肯定癖ねぇ」片眉を上げたエーナは、「否定癖は悪癖だけど、肯定癖は長所でしょ」

「そうかな……」

「エーナみたいな失言しがちなお喋り人間には、ロピみたいに他人の良いところを探すのがうまくて心の広い人が眩しく映るものなんですぅ」

ごう、と遠くで音が鳴って、公園の木々がざわざわと揺れた。エーナは顔を上げ、表情を曇らせた。防塵マスクをポケットから取り出して着ける。

わたしは尋ねた。「その先輩は、どうやって癖を矯正してるの？」

「意識してる、って言ってた。ひとつひとつ、考えて行動する。新しいことに挑戦して、成功体験を獲得するんだって。癖を直さないと、志望先に受からないかもしれないんだってさ。企業理念に合わないとか、社風がどうとか。疲れるし骨が折れるって嘆いてた」

「自分を変えるのは、苦労するよね」

エーナがわたしの手元を覗き込む。「曲、どんな感じだった？」

「聴く？」

「聴く！」

エーナのイヤフォンを追加で接続して、再生ボタンを押した。涼やかなアコギが流れる。おっとりした曲調だ。ボサノバっぽい。

「おしゃれな曲だね。ロピっぽい」

「ありがとう」

三十代くらいのスーツ姿の男性がひとりやってきて、機械にポチポチ打ち込んだ。少し待って、受け取り口に出てきたオーナメントを手に取って、じっと眺める。前衛的な彫刻作品に見えるそれを、機械脇の不良品回収箱に投げ入れた。

流れていた曲が、フェードアウトした。

「ロピは、この曲も弾けたりするの？」

「弾ける、かも」

「聴かせてよ」

わたしは迷う。迷ってから、小さく、頷く。

体力、努力、継続力、そして挑戦。

歌唱は無理だ。でも、演奏なら。相手がエーナなら。

4

わたしたちの上空には人工衛星が飛んでいて、街の通信局だけが、衛星通信を利用できる。沙が世界を覆う前は、情報通信に特化した社会だった。電波塔が乱立して、海底ケーブルがそこいらに張り巡らされていた。いまは沙のせいで設備の点検費用が嵩む上に、予想外のアクシデントですぐだめになるので、民間が撤退した結果、国営の衛星通信が唯一の手段となった。街の通信局は衛星通信で首都と交信して、得た情報を公共放送ラジオで街中に発信する。わたしたちはその電波をタブレットや自宅の防災無線で受信する。発信目的で衛星通信を利用するには、通信局へ行かなければならない。面倒な仕組みだ。これは、有事の際——例えば大規模な沙災害の発生時——に、アクセスの過度な集中で、重要なサーバーがダウンしないための工夫らしい。

音楽隊入隊試験の願書受付が始まった。休日に通信局へ出向いて、願書のフォーマットをダウンロードした。その場で記入して、パパに保護者欄を書いてもらう。サブチームの願書と、トップチームの併願書。出来上がったそれをメールで送信する。ブースで待っていると、五分後に自動返信があった。願書の受理を知らせる旨と、開催場所や日時の詳細、ギター演奏の課題曲、そしてそのタブ譜が添付されていた。

その足で広場に行き、機械から課題曲の音源をダウンロードした。家に帰るまでの電車で、試験の詳細を読み上げ機能で理解して、家で音源を一通り聴く。いい曲だ。難易度は高めだけど、これなら。タブ譜をしっかり確認して、指示通り弾けるよう、イメージする。きっといける。あとは練習あるのみだ。

「やるべきことから逃げても、いいことはないですよ。いつか大きなしっぺ返しを食らいます」

面談で放たれた担任の言葉は、いつも通り辛辣だった。

「ロピさんが挑戦したいと言うのなら、止めるつもりはありません。ただ、先生は大人で、生徒を導く立場だから、手放しに応援するわけにはいかないんです。卒業してしまったら、学校も十全にサポートできないし」

「挑戦すること自体が、すごいよ」

体育の授業でペアを組んだエーナが言った。体育館で準備運動をしている最中だった。

「エーナの親は最初から、公務員がいいよ、って。エーナも憧れの職業とかなかったし、学校に真面目に行ってさえいればなれるから、そのまま来たけど」

「後悔してるの？」

「全然。ちゃんと休みがあって勤務時間も決まってて安泰だから、自分でも向いてると思う。趣味に割く時間もあるし、街を出なくて済むでしょ。エーナは、沙がほんとに嫌だから」

「そうだね」よく知っている。沙嵐が酷い日は、体調が悪くなるくらいなのだ。

「だからほんとはね、エーナは、本心は、ロピには街に残ってほしいんだよ。怖い場所には、行ってほしくないの。友達として」

「うん」

「けど、エーナにロピを止める権利はないからね。ロピの夢を応援したいとも思うんだよ。友達として」

「うん」

「けどけど、やっぱり、友達が遠くに行っちゃうのは寂しいし、街の外は危ないし、安定志向なところあるから、担任の意見も一理あるな、とか思っちゃうわけ」

「わかるよ」

笛が鳴る。競技はバドミントンだ。距離をとって、わたしとエーナは向かい合う。ラケットがブンと振られ、シャトルが槍みたいに迫ってくる。わたしはそれをどうにか受け止めるけれど、てんで見当違いの方向に返してしまう。ごめん、と謝ろうとしたとき、「ごめん！」とエーナから声が飛んでくる。わたしは「いいよ」と返す。「わたしもごめん」

「入隊試験まで、もう少しだな」

夕食のときにパパが言った。平常の口調だった。

試験の予定としては、まず、試験日の前日に、首都に入る。この街から首都までは、寝台列車で行くしかない。寝台列車は月に五回、首都とこの街を結んでいる。試験日の前々日の夕方に列車に乗り込んで、翌日の昼過ぎに首都に到着。その日はホテルに宿泊して、翌日に受験。数泊して、次の寝台列車で帰宅。パパもついてきてくれる。パパにとっては三十年ぶりの、わたしにとっては生まれて初めての旅だ。

「慣れないことだと、失敗しやすいからな。寝坊や乗り間違えがないように、余裕を持って行動しような」

「うん」

首都のホテルも、寝台列車のチケットも、パパが予約してくれた。わたしが自分でするつもりだったのに、パパが譲らなかった。安心して泊まれる場所を探したいみたいだった。特に寝台列車の切符を予約することで、移動の責任を負おうとしているのだと、なんとなくわかった。街の外でわたしに降りかかる不幸な物事を、被りたいのだと思う。「パパにさせてほしい」と困った笑顔で言われたから、結局、全部任せた。

受験項目は、実技試験のギター演奏だけだ。歌唱はエントリーしなかった。土壇場で本領が発揮できるかもしれない、と一瞬思ったけれど、踏み出す勇気はなかった。歌えなかったときのことを考えると、怖くなってしまった。

それでもわたしは音楽が好きだ。この〝好き〟は、言葉で表せない領域の〝好き〟。どんどん上達したい。音楽で生きて、音楽で死にたい。それくらい好き。以前エーナにそう吐露したら、「そんなことで死なないで」と悲しそうな顔をされた。そんなことって言わないで、とは言えなかった。以来、どれだけ体内で炎が燃え盛っても、その熱量は伝えないようにしている。エーナの悲しい顔は、好きじゃない。

わたしが抱える音楽の衝動を、担任とパパに面と向かって伝えたら、ふたりはどんな反応をするだろう。担任は、その情熱を勉強に注ぐよう忠告するかもしれない。地に足が着いていないって、呆れるかもしれない。パパは却《かえ》って応援するかも。ひたすら挑戦させて、諦めるまで待つかも。それでも最後は、わたしがやりたいようにさせてくれるのだろうな。いろいろ思うところがあっても、ぐっとこらえて、わたしを信じて、任せてくれるのだ。それがどうにも後ろめたい。自信が無いから。ここまでしてくれているのに、大見得切って「任せてください！」って言えない罪悪感。言えるようになりたい。

風のない日は別荘に行って、ひたすら練習を積み重ねる。わたしがどこで練習しているのか、パパはそれとなく尋ねてきたけれど、そこらへん、と誤魔化した。街の外と返せば、卒倒しかねない。

今朝は微風が吹いていた。窓の外には、白い雲がもくもくと立つ、初夏の青空が広がっていた。リビングに行くと、テーブルの上に朝ごはんが並んでいた。パパは早番で、もう家を出ていた。別荘日和だ。適当にお弁当を作って、ギターケースを背負って、ママの写真に挨拶をして、わたしも家を出た。地下通路を使って、地下鉄を乗り換えて、オアシス南の地上出口に着く。

舗装された道路を、白い沙粒が這うように流れていく。人気はない。オアシスのプロムナードを半周して、オアシスの北東側に広がる防風林に入る。松林だ。沙に薄らと覆われていたアスファルトの道路が途切れて、沙地に変わった。街の内と外の境界線に差し掛かった証拠だ。

街の南側には沙堤防が走っている。北側では、その役目を山の裾野と防風林が担っている。沙は海からやってくるから、内陸側である北側の防災が甘くなるのは、自然の摂理と予算の都合だ。

防風林を抜けると、沙地の緩やかな下り坂があって、街より数段下に沙丘が広がっている。街全体の地盤が嵩上げされているのだ。沙丘に出てしまうと、沙の背以外に遮蔽物はないから、あの山麓をまっすぐ目指せる。

山麓の近くには、根本が沙に埋まった木々が乱立している。いつもの小径から谷へ入る。木々に日光を遮られて、沙は冷たい。別荘はいつもと変わらず、そこにある。池も変わらない。小魚たちが泳いでいる。

畔に腰を下ろして、ギターの練習を開始する。時折歌う。歌声は、誰にも聴かれたくない。けれど歌うときはせめて、誰かにそこにいてほしい。わたしに興味のない小魚たちは、この矛盾に折り合いをつけてくれる。

途中で休憩を挟む。ごろりと沙地に寝転がって目を閉じると、風と木の微《かす》かな音がする。上体を起こして、ぐっと伸びをする。肩を回して、腿《もも》の上にギターのボディを載せる。ずっと改良し続けているオリジナル曲を演奏する。気分転換に適当な曲でスラムをしたりタッピングをしたりする。そうしてまた、課題曲の練習を再開する。目を閉じて、聴衆がいる想像をする。それだけで動悸がして、口が乾く。

挑戦。挑戦。

エーナの前で演奏を披露すれば、わたしの弱い心も、多少は頑丈さを増すはずだ。漠然とした不安を消すためにも、頑張れ、自分。

終業式を迎えた。夏期休暇に突入した。天候が変わりやすい季節。何度も沙嵐に見舞われて、沙塵の除去作業に苦労する時期。

少し風のある、晴れた日の夕方。わたしはオアシスの畔にいた。人通りが極力少ない場所を選んで。

オアシス周囲の土手は、コンクリートで舗装されている。オアシスをカバーするガラスドームの内面は、湿気で曇っていた。街外れ、ちょっと行けば防風林。そんな辺鄙《へんぴ》な場所。チューニングを済ませておく。

エーナは時間通りにやってきて、日傘の下で汗を拭った。「おつかれ」と口角を上げながらも、不安げだった。「ここから先には、行かないよね？」

「行かないよ」わたしは胡坐《あぐら》をかいたまま答えた。夕方でも、アスファルトの地面は若干熱を帯びていた。

「使い込んでるねぇ」隣にしゃがんだエーナが、わたしの腿の上のギターを見つめる。「相棒って感じ」

「課題曲を聴いてくれる？」

「もちろん」

「ではそちらにおかけください」

「失礼します」

エーナは厳かに、わたしの向かいに腰を下ろした。そしてふっと笑う。

わたしも笑ってから、顔を下げて、ゆっくり目を閉じる。心配ない。きっと弾ける。歌わなくていい。練習の成果を見せたらいいだけ。呼吸を整えて、目を開けるとボディの光沢が見える。深呼吸をする。胸がバクバクしている。指先から血が引いていく。震える左手で弦を押さえる。だいじょうぶ。相手はエーナだ。素直な反応を示してくれる。最悪、手元を見ていればいいんだ。

息を吸う。

弦を弾く。

一度弾き出してしまえば、なんてことはない。わたしは音楽の世界にいる。

周囲の景色も、環境音も閉め出して、形のない世界に浸る。

タブ譜通りの奏法。

コードはミスらない。当然。

リズムも外さない。当然。

強弱を忘れない。感情を込める。

たっぷり五分間。

弾き終わった。

余韻を残して、音が消えてから、長く息を吐く。

ぱちぱちぱちぱち、とかわいらしい拍手。

顔を上げると、エーナが日傘の柄から離した手をめいっぱい打ち鳴らし、頬を紅潮させていた。それが興奮によるものか、暑さによるものか、わからなかった。それでもエーナが嬉しそうに、「すごい！」と言ってくれたから、わたしは同じように笑うことができた。

「音楽隊みたいだった」エーナが隣に座り直す。「正直、野外コンサートよりもすごかったよ」

「ほんと？」

「ほんとほんと。途中の音が止まるやつとか、震えるやつとか、響かないやつとか、どうやるの？」

「ええと」言われるがまま弾いてみせる。「こんな感じ。弦を押さえたまま弾いたり、指で弦を叩いて音を出したり、揺らしたり」

「やってみていい？」

「いいよ」

ボディを差し出すと、エーナは小動物を抱えるときみたいに、柔らかくネックを持った。

「どうやって弾くの？」

「こうやって持って、右手はここ。左手は、こんな感じで」

「指が攣《つ》りそう」エーナの細い指が、わたしの指示通り、五弦、四弦、二弦を押さえる。

「フレット……ええと、もうちょっと右に指を動かして、親指で六弦を押さえて、右手で弦を上から鳴らしてみて」

「これ、細いやつ切れちゃったりしない？」

「だいじょうぶ。替えたばかりだから」

強張《こわば》った白い右手が、上から下にゆっくり下ろされた。ぽろぽろと音が零《こぼ》れる。

「これが、とりあえず、C」

「おー」

一弦に指が触れているせいで、音に濁りがあった。でも楽しそうだからいい。

ひとしきり堪能した後、エーナは「いい相棒だね。ありがとう」と、赤子を抱き上げるようにそっと、わたしにギターを返した。そうしてしばらく、俯いてから、顔を上げた。

「ロピ。合格、しちゃいそう」

エーナの目尻は、少しだけ赤くなっていた。

わたしは頷いた。「ありがとう」

「気を付けて行ってきてね。無茶しちゃだめだよ。沙は本当に怖いんだからね。ほんとは、行ってほしくないんだからね」

ぎゅっと手を握られる。エーナの視線が、わたしたちの手に落ちる。

「無理しないでね」

彼女の声と手に、力が入る。エーナの頭頂部がわたしを向いて、前髪が垂れている。彼女の顔は上がらなかった。わたしは「うん」と、その手を強く握り返した。本当に、行ってほしくないいんだろうな。エーナは正直で、友達思いだ。

でも、挑戦は、成功した。

だいじょうぶ。わたしは、人前で演奏できる。自信を持っていいんだ。


出立日の前日、旅行鞄に着替えを詰めておく。

目を閉じてぐっすり眠れば、翌日になる。

本当に楽しみな日は、自然と目が醒《さ》めるし、ベッドから出るのも億劫《おっくう》じゃない。

午前中に家事や掃除を済ませて、昼ごはんをしっかり食べて、忘れ物がないか確認。ギターケースを背負って、鞄を持って、ママの写真に挨拶をして、パパとふたりで家を出る。

マンションの地下通路から続く駅へ。帰宅ラッシュ前なので、人はまばらだ。電車に揺られて、中央駅に向かう。

パパがチケットを改札で提示したところで、駅員さんに引き留められた。

駅員さんは、パパを案内所へ連れて行った。わたしはひとり、駅の構内で、防塵ガラスの外の暮れゆく空を眺めていた。

いい夕方だった。

「ロピ」

案内所から出てきたパパが、神妙な顔で近づいてきた。

「この先の、列車の通過ポイントでトラブルがあって、明後日まで運行中止だそうだ」

世界が一瞬、無音になって、遅れて耳鳴りがやってきた。

5

珍しいことじゃない。線路のトラブルなんて、しょっちゅう起きている。払っても払ってもまとわりつく沙が、時に崩れ、時に覆い、時に入り込んで悪戯《いたずら》をするのだ。今回は、それがたまたま、わたしの大事な用事に被っただけ。

よくあることだからこそ、対策もできたはずだった。大事をとって、先週の寝台列車に乗っておけばよかった。

そんなのは結果論だ。

入隊試験を辞退した。

あの手記に書いてあった通りだ。沙さえなければ。

沙は嫌いだ。嫌いだからといって、逃れることはできない。なくならない。増え続ける。共生していくしかない。

塞いでいるうちに秋が来て、学校が始まった。別荘でギターを鳴らしてばかりだったわたしは、久々に見たタブレット一面の文字に眩暈《めまい》を覚える。線が掠れて、白いノイズが散らばって見える。眉間を揉みながら、数学のテキストを進める。

次の音楽隊の入隊試験は、およそ半年後の春先だ。受けたいとパパに訴えたら、年度末は何かと忙しいから、勤務日程が出るまで待ってほしいと言われた。わたしひとりで首都へ向かう、という発想は、毛頭ないようだった。

パパが、わたしが街を出ることに難色を示す理由は、エーナのそれと似て非なる。わたしのママは、出張で首都に向かう途中、突発的な沙嵐に巻き込まれて死んだ。だからパパは、わたしのことを応援すると同時に、わたしを守ろうとするし、わたしに手が届く範囲にいようとする。

秋の口、教室を出ようとして、担任に呼び止められた。再度面談をしましょう、という提案だった。

「春の入隊試験を受けるつもりなら、企業面接も並行で受けることを勧めます。再来年の求人は、今年度でほとんど終わってしまいますから。その相談を一度、できれば来週中に」

「はい」

担任が静かに溜息を吐いた。深夜の寂しさみたいな溜息だった。

「ロピさん。自分の将来について、本気で考えていますか？　なんとなく、楽なほう、楽しいだけのほうに流れていませんか？」

「考えてます。もう少ししたら、パパのスケジュールが出るはずなので、もう一度寝台列車の切符とホテルの宿泊予約を、次は全部自分で取ります」

担任はしばらく黙ってから、

「わかりました。では、次の面談は来月にしましょう」

「はい」わたしは頷くつもりだったが、その動作は中断された。

「ただね、ロピさん。先生もいろいろ調べてみたけれど、やっぱりいまの時代、芸術の世界は厳しい。創作や芸術で生計を立てることがいかに難しいか、音楽隊の方にも伺ったでしょう。いまこの国は、大沙嵐のダメージがようやく癒えて、停滞する経済を回復させるために躍起になっています。おかげで卒業生の就職率は九十八パーセント。残り二パーセントも浪人を経て、一年遅れで仕事に就いていきます。非常に就職しやすいんですよ」

わたしは顔を上げない。担任の目を見ない。

「創作活動をするな、とは言いません。むしろ喜ばしいことだと思います。しかしながら、芸術を愛《め》でる心は誰しも持ちえますが、それに対価を払う人はごくわずかです。機械には、七十年以上前の、博物館や美術館の所蔵品データが、たくさん入っている。音楽も同じく、歴史的価値のある作品がたくさん、無償で提供されている。供給が機械ひとつで事足りていることは、ロピさんもよくご存じのはずです」

わたしは床を見ている。

「芸術が衰退気味であることは、残念なことです。ロピさんがその業界に飛び込む必要はないと、先生は思います。あと数年、様子を見てからでもいいのでは？　趣味で生きていけるほど、社会は甘くありませんよ。勉学に精を出すことを疎《おろそ》かにして、」

「わたし」

掠れた声が出てしまった。「わたし」

担任は黙って、続きを促してくれる。

「わたしは、勉強ができないから、音楽をやってるわけじゃない、です。音楽が好きだから。音楽以外のことを投げ出しているわけじゃなくて、音楽をもっとやりたいから。この違いは、伝わってますか？」

「わかります。しかし、好きなことばかりしていていいわけじゃない。そうですね？」

頷く。

「ロピさんのお父さんがどのように考えていらっしゃるのかも、気になります。やはり三者面談にしましょう。それまでのうちに、音楽隊と、できれば企業用の志望動機もまとめておいてください。いいですね？」

頷くと、担任は去って行った。

差し込んだ西日がしばらくの間、わたしの右手を照らしている。

周囲に漂う重い空気は、いつまでも澱んで消えなかった。

エーナの公務員試験が終わった翌週。実習があったので、わたしはいつもと同じ時間に、いつもと同じ車両の同じ席に座っていた。エーナは来なかった。遅刻か、欠席か。もしかして、と授業中も思っていたら、下校途中、私服のエーナが同じ車両に乗り込んできた。

「ロピ、これから時間ある？」

隣に座った彼女は、落ち込んでいる様子だった。わたしはふたつ返事で、「もちろん」

途中下車して、改札を出て、地下街のカフェに入った。アイスティーをふたつ注文してすぐに、エーナが口火を切った。

「不合格かも」

わたしは「そっか」と返す。「何かあったのかな、とは思ったよ」

「不貞寝《ふてね》してたら寝坊しちゃって、そのまま休んじゃった」

「いいと思う」

エーナ曰く、法律や一般常識を問う午前中の試験は順調だったらしい。しかし午後の小論文の試験が始まった途端、天候が崩れ出した。

「風が吹き始めて、窓の外が沙嵐で真っ白になって、雨も降り出して、雷とか鳴って、このまま帰れなくなったらどうしようとか考えたら、お腹痛くなっちゃって、全然治まらなくて、冷や汗も止まらなくて」

結局、碌な文章が書けないまま終了時刻を迎えたそうだ。

「不調って、いちばん来てほしくないときに来るんだよね。こんな理由で再試も受けられないし。たかが天気を気にしすぎな自覚はあるよ。でも気にしないようにすると余計に考えちゃって」

アイスティーが運ばれてきた。よく冷えていた。冷えすぎている。

小論文は、元々模試でも結果が振るわず、不安だったらしい。

「すごく理不尽なの。全力で書いたら指摘ばかり入って、訂正したら次のミスを指摘されて、その繰り返し。そりゃ自信も無くすってわけですよ」

語気荒く言われ、わたしは労《ねぎら》う他ない。「大変だったね。合否はいつわかるの？」

「来月半ば」エーナは肩をすくめる。「エーナが試験官なら、間違いなく落とすね」

「追加募集は？」

「一応、三次まである。欠員もあるから、来年の春までは粘るよ。あーあ、残り半年は遊ぶ予定だったのになぁ。エーナの青春……ラストイヤー……」

来年度を迎えて最終学年になると、社会学習系の必須科目が増えて忙しくなる。わたしたちが自由に費やす――エーナが言うところの青春を謳歌《おうか》する時間は、今年度しかない。

「お互い、ままならないね」

「ね！　ほんっと、しんどいよ。なんで進路で苦しまなくちゃいけないんだろう。人手不足のくせに試験でふるいにかけて選《え》り好みするって、社会はわがままだよね。働かせてください、はいオッケー、でいいじゃん。これも経験のうちなのかな。嫌な経験はしないに限るって言うのになぁ」

「そうだねぇ」

「……話、聴いてくれて、ありがと」

ちょっぴり笑ったエーナは、幾分元気を取り戻したようだ。「公務員試験、一緒に受ける？」と冗談めいた口調で言うので、わたしは似た口調で、「ひとまずエーナが合格したら、一緒に激辛ラーメン食べに行こうよ」

「行く！　あれでしょ、新しくできたところ！」


週明け。

早朝から、窓の外は仄暗《ほのぐら》かった。普段より数倍強い風に巻き上げられて行き場を失った沙粒たちが、流されるまま、暴力的な威力で渦を巻き、踊り狂い、数メートル先を塞ぎ、埋め尽くして、外の景色は灰色に染まっていた。防塵ガラスを叩く、微かで小刻みな音が絶え間ない。

年に一度あるかないかの暴風特別警報が発令された。タブレットと防災無線は絶えず公共放送を流し続け、外出禁止令も発令された。パパはボストンバッグに着替えを詰め込んで、わたしに家から出ないように、有事の際は公共放送の指示に従うよう何度も念押しして、ママの写真に笑顔で挨拶をして、出勤した。泊まり込みで対処に当たる。そういう仕事なのだ。公共放送が街中の小規模な沙災害を報告するたび、わたしは流れる音声の向こうにパパの姿を見た。

家での時間の潰し方は幾通りもある。学校の時間割変更を受けて、オンデマンドの授業をタブレットで再生して、音楽を聴いて、お菓子を食べて、放送を確認する。沙嵐が続くときは、緊急時に備えながらも、普段に近い生活を送ることが推奨されている。あくまで近い生活だ。普段を装うだけ。心掛けるだけ。正直、あまり落ち着かない。沙に左右され、乱される生活。

手記の内容が思い出される。七十年以前、沙のない世界の光景を、わたしは知らない。

夕方、地下通路を経由して食料が配付された。夜になっても窓の外はひたすら濁っていた。このまま全部が埋まってしまうのではないかと思った。ベッドに寝ころんでも寝付けなくて、風の音に何度も目が醒めた。タブレットの通知が鳴りやまない。たぶん災害に関する些細なニュースだ。わかっているのに、パパに何かあったのかも、と深夜に画面を点《つ》ける。早く音楽がしたい。

街を襲った沙嵐は、三日三晩止まなかった。

四日目の朝、すべてが嘘のように風が止み、空が晴れ渡った。

澄んだ空気と秋の陽射しを受けた街は、白いヴェールを被っていた。

午前中、皆が表に出てきて、溜まった沙を掃き出し、一ヵ所に集め、収集車を待った。わたしもマンションのエントランスの清掃作業を手伝った。学校は休校になった。パパは朝方に短時間だけ帰ってきていたみたいで、ごはんを食べた跡と、ママの写真の前にクッキーが添えてあった。

早めのお昼ごはんを済ませて、ギターケースを背負って、家を出た。地下鉄に乗って、オアシスの南へ向かう。とにかく音楽が欲しかった。歌を聴かない聴衆の前で、ひたすらに音を奏でて歌いたかった。沙にまみれ、不安を煽《あお》り、白く塗りつぶされかねない世界でも、音楽があれば。

禁断症状みたいだ。ひとりで自嘲する。

オアシス周辺のアスファルトはもはや沙地となり、街と外の境界線はますます曖昧になっていた。飛来したごみをうっかり踏まないよう注意しながら、防風林を抜けて、街から下りて、山麓へ向かう。

沙丘は白一色だ。照り返しできらきらと輝いている。沙の畝《うね》の形は刻一刻と変わるものだが、それにしても、新しい沙丘の背や窪地が出現していた。今回の沙嵐は、余程大規模なものだったのだろう。積もりたての斜面を下り、ようやく別荘のある谷の前へたどり着いて、足を止める。

小径がない。

谷が埋まった？

まさか。

近くにあった沙山を這いつくばって登り、上から見下ろすと、木々の葉の隙間に屋根が見えた。どうやら林に土沙が流れ込んで、小径を遮ってしまったようだ。しかし別荘のある方向に進めばいいだけのこと。安堵して斜面を下り、よくよく観察すれば、小径の名残りを見つけた。

小径の沙嵩は、明らかに増していた。頭上の木の枝が一メートル程下がったように見える。もしくは自分の身長が伸びたようだ。変な感じ。凸凹道を進むと、やがて別荘の全貌が見える。

わたしは立ち止まった。

「は」

池畔に駆け寄った。正確には、池畔だった場所に。

そこには、白い沙の地面しかなかった。

小魚の泳いでいた綺麗な池が、埋没していた。

荷物を放り出して、ギターケースを下ろして、地面を掘った。両手を沙地に突っ込んで、掻き分けた。沙は少し湿っていた。

魚。わたしの歌を聴かない、わたしの聴衆。

池は埋まっただけで、無くなりはしない。掘っていればそのうち出てくるはずだ。でも魚は。

手を止める。

魚は、生きているだろうか。

生きているはずだ。

掘削を再開する。掘っていれば必ず。

小魚たち。沙の下で。生きて。

白い土沙に埋もれて、泳げなくて、呼吸もできなくて、あの小さな身体で、水のない環境で。

どうやって、生きていけるというのだろう。

わたしの徒労が、沙地に小さな凹みを作っている。

畔だった場所に腰を下ろして、爪の間に入り込んだ沙粒を取る。小さくて、痛くて、案外しつこい。

あの手記の筆者は、この池を大層気に入っていた。手記には、窓から池を眺めて日がな一日過ごしたぼやきが、とりとめもなく書き留められていた。筆者が生きていた時代は、世界が沙に埋まった直後で、世間は混乱の極みにあったはずだ。隔絶されたこの場所で送る穏やかな日々は、どんな音がしたのだろう。干上がることもなく、埋まることもなく、そこに在り続ける池に、どんな感情を抱いたのだろう。そこで生きる魚に、どんな思いを馳せたのだろう。

左手の人差し指の爪の奥に、沙粒が残った。上から押すと痛い。しかし取れない。諦める。

ずっと前に機械からダウンロードした、魚図鑑を思い出す。タブレットを取り出して、図鑑を表示して、読み上げ機能をオンにして、内容を流した。あの小魚はなんて種類だったのかな。手記の筆者は知っていたのだろうか。尋ねようもない。

ギターを取り出す。弦を押さえると、左手の人差し指の先に、じわりと染みるような痛みがある。無視して弾き始める。ずっと直し続けている、オリジナル曲を。

題名は未定、タブ譜に起こしてすらいない、頭のなかだけに刻んでいる曲。わたしのなかだけに泳いでいる魚。

何度も歌った。フィーリングに任せて、アレンジを加えた。アレンジをメロディに採用した。メロディに合わせて歌詞を変えた。歌詞に合わせてリズムを変えた。柔軟な一曲は、少しずつ少しずつ、削られて、付け足されて、擦られて、磨かれていく。喉が渇く。それでも歌う。掠れても、途切れても、止めたくなかった。

熱心に聴いてくれなくてもよかった。拍手も笑顔もスタンディングオベーションもいらなかった。そこにいてほしかった。いてくれるなら何でもよかった。わたし以外の誰かがほしかった。少なくとも小魚という観客の前では歌えることを、確かめ続けていたかった。いまのわたしは、何のために歌っているのだろう。これは何のための曲なのだろう。挑戦が成功して、自信がついたと思ったのに、不安はまだ無くなっていない。

だって、本当にそれでいいのか、やっぱりわからないんだ。確信が持てない。パパも、エーナも、わたしの意志を尊重してくれている。でもその裏には心配や寂しさが潜んでいる。わたしは、わたしのために隠された本心も受け取りたいと思ってしまう。担任だって、わたしを否定せず、慎重に、現実的に、考えてくれているのに。

家に帰る頃には、わたしの声は嗄《か》れていた。「あー」と言おうとして、出なくて、笑った。乾いた日に吹く風のようだった。パパは心配してくれた。薬も出してくれた。ここ数日の除沙作業で疲れ切っていただろうに。

翌朝。時間割変更で溜まりに溜まった実習を受けるため、いつもと同じ電車に乗り込むと、先にエーナが座っていた。

珍しいね、と言ったわたしの声に、エーナは目を丸くした。「こっちの台詞だよ。どうしたの？」

「気にしないで」

「喋らないほうがいいんじゃない？」

頷く。

電車が動き出す。

エーナはそわそわしていた。声に隠しきれない喜びを滲《にじ》ませて、「あのね、激辛ラーメンの予定、立てよ」

わたしは驚きのあまり息を吸い、頬が緩むのを感じて、いつにする？　と声を出さずに口を動かした。

エーナは読み取ってくれた。「ほんとは今日行っちゃう？　って言おうと思ったんだけど、喉によくないよね？　来週にする？」

わたしは頷く。よかったね。

「ほんと、よかった。昨日の夕方に届いてね、絶対落ちたと思って適当に封筒開けちゃって、叫んじゃって、お姉ちゃんにうるさいって叱られて、でも報告したら喜んでくれて」

無言で相槌を打つ。

「これでもう、自由！　ほんと幸せ！　あとは部活して、遊んで、勉強もしつつ、進級試験で赤点回避して、部員で映画見たりして、ロピと一緒にお出かけして、美味しいものを食べて、お喋りするだけだね」

指折り数えていたエーナが、わたしを向いた。何か言いかける。逡《しゅん》巡《じゅん》して、すぐに潑《はつ》剌《らつ》とする。

「そういえば、最近ダウンロードした曲がすごく良かったんだ」

曲？

「そう。それで、前にロピが演奏してた曲の題名を教えてほしくて。素敵な曲だったから」

わたしは唇を大袈裟に動かして、第一にお礼を伝える。ありがとう。第二に題名を伝える。

「ありがとう。今度、ダウンロードしてみる。やっぱり、どこにいても音楽が楽しめるって、いいことだよね」

そうだね、よかったね、ともう一度口を動かすと、エーナはこくりと頷いた。「ロピと行きたいカフェがあるんだ。リストアップしてるの。たくさん遊ぼうね」

そうだね。

身体の中心が軋《きし》んでいる。漠然としたつらさが増していく。

声はすぐに治った。パパのスケジュールは決定されなかった。三者面談では、いままで言われてきたことを再度、懇切丁寧に説明され、応援するけど勉強も頑張ろう、とか、どうして音楽隊にこだわるのか、とか、担任の目元は相変わらず冷ややかで、パパはわたしの緊張をほぐすために、やや陽気に振る舞っていた。

「新卒採用での就職は難しくなりますが、本当にいいですか」担任が尋ねる。

「うちとしては、就活浪人くらいかまわないんです。その間に、本当に働きたい場所を見つけてくれたら」パパが満面の笑みを浮かべる。「でもな、やるべきことを、ちゃんとやらないとだめだぞ」

　わたしは頷く。頷くしかない。

「ロピさんの楽器の演奏技術について、親御さんのご意見を伺いたいのですが」

　パパが首を傾げる。「それが、私も聴かせてもらったことがなくて」

　いっそのこと、みんなと同じ就職活動に方向転換したほうが、ふたりを悩ませずに済むんじゃないか、この不安も終わるんじゃないか、と思う。パパを安心させるほどの勇気も、担任を納得させるだけの弁舌も、わたしにはない。何もかもを投げ出して、ひたむきに自分を信じて、なりふり構わず夢を行動に移せるような強靱さと奔放さも、どうやらない。わたしと周囲が噛み合っていないのは、うまくさばけない、わたしの人間性のせいだ。わたしがうまくやれないだけなのだ。

　パパと担任が何か言っている。わたしに尋ねている。ふたりの話を聞くのがつらい。言葉を頭に入れたくない。心の片隅が、大きな圧力を受けている。いまのわたしは、さながら脱水した沙の城だ。迷いを悟られたら、突き崩されてしまう。目を合わせないよう俯き、テーブルの一点を凝視して、てこでも動かない頑固者を演じる。埋まった池を思い出す。小魚たちを思い出す。何度も。そうしているうちに、「学期末の願書提出前に、もう一度面談しましょう」と担任に言わせた。言わせてしまった。志望動機も準備できていなかったのに。

　やりたいことをする前に、やるべきことをやる。それが正しいのかもしれない。一度就職して、余裕ができたら音楽隊に挑戦するのも、ひとつの道だ。その道でもわたしは充分満たされる、のかもしれない。わからない。満足できないかもしれない。いまのわたしは、視野狭窄《きょうさく》の向こう見ず状態かもしれない。音楽隊にこだわる必要なんて、どこにもないんじゃないか。この街に残ったって、誰がわたしの音楽を邪魔するわけでもない。わたしは独りじゃない。敵はいない。それでも息苦しい。蟻地獄《ありじごく》のなかにいるみたいだ。同じところに留まって、ぐるぐる迷走している。何に悩んでいるのだろう。自身の感情や、自分が置かれている状況を、うまく言語化できない。ずっとそうだ。不安の正体が、わからない。

家に帰ってから、パパが晩ごはんを作り始めた。わたしは課題を進めた。作文が必要で、いつもより時間がかかる。

「ロピは、何か困り事があるのかな」

顔を上げると、パパの背中がコンロの前に立っていた。ジュウジュウと音がしている。パパは振り返らない。フライパンを見ている。

「なぜかわからないけどモヤモヤして、イライラして、孤独を感じたりしている？　なんでも聞くよ。パパに言えないことなら、カウンセリングを受ける？　いいカウンセラーさんを教えてもらったんだ」

担任や職場の同僚から、何か聞いたのだろうか。パパなりに、適切な距離を保ちながら、それでもわたしを気にかけている。

「困ってないよ」わたしはタブレットに視線を移す。「恵まれてるなぁって、思ってる」

「そうかなぁ。パパは、仕事と自分のことで精いっぱいなときもあるし、ママみたいにはなれないし、頼りないと思うけど」

「ママになる必要はない」

「わかってるよ。でも」

　ああ嫌だな。困らせたいわけじゃない。違うんだけどな。タブレットがスリープする。真っ暗な液晶画面にわたしの顔が映る。眉尻の下がった表情。ちゃんと伝えなくちゃ。ざらついた関係は嫌だ。

「パパは、わたしのやることに猛反対しないし、わたしの意見を蔑《ないがし》ろにしないし、わたしのこと大事にしてくれるし、ちょっと過保護なところあるけど」

　ははは、とパパの声がくぐもって聞こえる。パパもたぶん、壁かフライパンに向かって声を落としている。「そこは勘弁してほしいな。大事な子供だから」

「わかってる。ママのことがあるから、パパの心配性に拍車がかかってること」

「うん……」

「わたし、恵まれてるよ。担任の先生は厳しいけど、放任しないし、生徒の将来のこと考えてると思う。友達だって、わたしのこと、応援してくれるし」

「そうか」

「ひとつ困っていることは、パパが、」

「うん？」パパの声が開ける。こちらを向いたのだ。そうして続きを促すための「パパが？」は、少し硬い。

わたしはまだ俯いている。唇を舐める。

「パパが、酷いパパじゃないから、ちょっと困る」

「はは」

茶化して言ったから、苦笑が返ってきた。わたしも苦笑を返した。同時に泣きそうになった。染みていく感覚があった。自分の浅ましさに気づいてしまった。

晩ごはんの間、喋る気が起こらなかった。話しかけてくれるパパに生返事をしていたら、「疲れてるのにごめんな」と言われた。「今日は早く寝るね」と返したわたしの半身は、どこかどこか冷めている。こんなときに音楽があれば。マンションでギターを弾くわけにはいかない。食事を終えて、リビングを後にする。暗い自室で蹲《うずくま》り、壁に凭れる。窓の外は暗い。

パパが、子供を追い込むような手酷い親だとする。そうしたら、わたしはいずれパパの元を去る。担任が、出世や評価ばかり気にする利己主義だとする。わたしはすぐに反発する。エーナが、友達を自分に依存させる自己中心的なタイプだとする。わたしはエーナと縁を切る。簡単な話だ。でもみんな、そうじゃない。わたしの周りの人は、悪人ではない。

目の前に高い壁があれば、乗り越えるべき障壁だと思える。目の前に深い谷があれば、渡るべき困難だと思える。でも何もない。わたしは、すごく恵まれている。世の中の辛い思いをしている人に比べれば、わたしは春の木漏れ日に包まれている。たくさんの優しさをもらっている。わたしの望みを貫くために、振りほどかなくちゃいけない優しさがある。それがつらい。誰ひとり悪くないから、つらい。

わたしを心配している人を、言葉ではなく技術で安心させれば、この息苦しさは解決するのだろうか。たとえば、テストで高得点を取るとか。パパの前で、担任の前で、演奏するとか。

ぞっとする。

人前で音楽を披露しようとすると、苦しくなる。力みすぎて、テンポが崩れ、頭が真っ白になる。エーナの前で演奏できたことは、本当に奇跡だった。歌うとなればさらに酷い。音が外れて、声が沙を噛んだみたいにざらつく。特に、にこにこしている人がいると、恐怖心に包まれる。ずっとそんな調子だ。原因をさがすうちに、「へたっぴだねえ」「かわいいねえ」にたどり着いた。パパとママの発言だ。

まだママが生きていたころ、わたしが歌っている様子を、パパが録画した。幼いわたしは、ママの膝の上に抱えられて、音程と歌詞のぐちゃぐちゃな歌を披露していた。パパとママは、「へたっぴだねえ」「かわいいねえ」と笑っていた。歌詞を間違えるたび、ママが頬を緩める。愛しさを湛えた眼差しで。子供のお遊戯は、子供がどれだけ本気でも、拙《つたな》くて、ミスばかりで、どうしたって微笑ましいものだ。

ママが死んでからというもの、パパはそのホームビデオを繰り返し再生した。「このころ、ロピはずっと歌ってて、それがすごく大変だったんだよ」と、ママのいた日々を回顧した。前触れもなくいなくなった人との記憶は、なんでもかけがえのないものになる。

いまのわたしはギターが弾けるし、音痴じゃない。歌詞もインストも耳で聴きとって、声で、指で、正確になぞることができる。頭ではわかっているのに、心が追いついてこない。ママに一途なパパが、発作的にホームビデオを見返して、ちびちびお酒を飲んで、洟《はな》をすすって、充血した目で、悲しそうに笑う。その事実が、わたしの一部を擦り減らして、わたしに口を噤ませる。

わたしはその映像が嫌いだ。見返したくない。延々と、呪いをかけられている気分になる。両親にわたしを貶《おとし》める気はないのに。

誰かを悪者にしたくない。パパはささやかな幸せの記録を通して、自分の傷を癒しているだけだ。パパだって、きっと、思うところがあるはずで、あの映像を見るパパの横顔は満ち足りていて、でもすごく寂しそうで、苦しそうで、それもパパの大切な時間なのだ。再生しないで、いますぐ消して、なんて、言いたくなかった。

灰色の雲が空に垂れ込めていた休日。微風だった。課題を終わらせ、電車に乗り、オアシスの南で下車して、防塵マスクを着けて防風林を抜け、沙丘を突っ切って、別荘に着く。谷に入ると風が止んだ。わたしはマスクを外して、かつて畔だった場所に腰を下ろす。ギターを取り出して、適当な曲を弾く。歌う気にはなれない。

弾き慣れたプレイリストを頭から三巡したところで、車の音がした。近づいてくる。身体を捻ると、小径に雪崩《なだ》れ込んだ土沙の峰に、オフロード車が姿を見せた。それは急斜面を迂回《うかい》して下り、木々の間を強引に進んで、小径の口で停車した。エンジンが止まり、運転席のドアが開いた。

降りてきたのは女性だった。二十代後半くらいで、ショートヘアで、丸眼鏡をかけていた。ダウンジャケットに作業用のカーゴパンツと、動きやすそうな格好だった。

彼女は、池畔だった場所で立ち上がったわたしに、「どうも」と挨拶をした。

「何してるの？　こんなところで」

6

彼女はスノワと名乗った。名前を尋ねられたので、困惑しつつ、「ロピです」と返す。

「ロピさん。危ないよ、こんなところにひとりで。どうしたの？　迷子？」

「よく、来るので」

「なるほど」背中の大荷物を下ろして、彼女は好奇心に満ちた瞳でわたしの手元を見遣った。

「アコギだね。音楽やってるんだ？　あたしもだよ。キーボード」

「え」

上ずった声が漏れた。湧き上がった興味を、ぐっと押し留める。単なる趣味かもしれない。だとしても、わたしの周囲で楽器を持っている人はいないから、なかなか貴重な存在ではある。

「憩《いこ》いの時間を邪魔してごめんね」スノワさんは、晴れた日の北風みたいにからりとしていた。「好きに演奏してて」バックパックを別荘の玄関に置いて、堂々となかに立ち入った。

演奏を聴かれたくなかったので、わたしもその場にギターを置いて、別荘のなかを覗きこんだ。「この建物に、用ですか?」

「まあね」スノワさんは、室内の棚を片っ端から開けている。「沙の堆積量って、先日の沙嵐の前からこんな感じ?」

「でした」

「探検とか、した? 何かめぼしいものがあったら教えてほしい」

まるで盗人みたいだ。返答を渋っていると、彼女は顔を上げて、「ごめんごめん。この建物、あたしのひいおじいちゃんの弟が住んでたらしいんだよね。あたしは会ったこともないし、ここの存在も長らく知らなかったんだけど」と言いながらクローゼットを開けようとして、堆積した沙に引っ掛かっている。

わたしはしばらく考える。

「そのひいおじいさんの弟さんって、どんな人ですか?」

「音楽愛好家」スノワさんは片膝をついて、クローゼットの前の沙を手で掘っている。「足が悪くて、沙を嫌っていて、筆まめ。別荘から実家に帰った際に急病で亡くなった、らしい」

「……そこのサイドチェストの引き出しに、手記が入ってました。すみません、勝手に読みました」

引き出しを開けたスノワさんは、「おお」と手記を取り出した。「ありがとう。日記かメモ帳があるだろうなって踏んでたんだ」

遠くで雷鳴が鳴った。積乱雲だ。今日の大気は不安定。雷雲はダウンバーストが怖い。それに伴う沙雪崩も。わたしは荷物とギターを別荘のなかへ移動させた。

「車、だいじょうぶですか？」

「そうだね。ちょっと寄せるか」

スノワさんが別荘を出てすぐに、大粒の雨が降り出した。叩きつける勢いだ。小径の口から別荘の前にオフロード車を移動させた彼女は、ひぇ、と言いながらドアトゥードアで別荘に駆け込んできた。車内のほうが安全だろうに。

「やー、すごいね。嵐だ、嵐」

薄暗いワンルームの中央に置かれたテーブルの脚下に腰を下ろして、彼女が言う。

「改めて、あたしはスノワ。東にあるオアシスで、いまは沙丘農業をやってる」

わたしはベッドの傍に座り、「ロピです。すぐ近くの第9オアシスに住んでる、十七歳です」

スノワさんは、東の第8オアシスからオフロード車で来たそうだ。第8オアシスまでの距離は相当あって、確か、バギータクシーで片道半日だったような。ただでさえ沙丘の運転はコース取りが難しいと聞くのに、すごい。

そう伝えると、スノワさんはにやりと笑った。「慣れたらどうってことないよ。徒歩で旅したこともある。この時期は天候が荒れやすいから、外出に向かないんだけどね」そして、大きなバックパックからクラッカーを取り出して、分けてくれた。

わたしが音楽について尋ねるより、スノワさんの質問のほうが早かった。「この手記、どんなことが書いてあった？」

「気が向いたときに書く日記、みたいな感じでした。別荘のことと、音楽のことと、あと、池のこと」

「池？」

「そこの窓から見えるところに、小さな池があったんです。この前の沙嵐で、埋もれちゃったけど」

わたしの声は尻すぼみになって、激しい雨音に負ける。

スノワさんが、手記の厚表紙を払った。

「この手記を書いたのは、あたしのひいおじいちゃんの弟。名前はムゥムゥ。四十代で亡くなったらしい。とにかく頑固者だったみたいで」

頑固者。七十年前の大沙嵐で、世間が大混乱に陥るなか、街外れの別荘に引きこもったくらいだ。偏屈で変わり者だったのは、想像に難くない。

「つい最近になって、母がふと、ムゥムゥと別荘のことを思い出して、あたしに話してくれた。それでいろいろ気になって」

「だから、ここに？」

「それも理由のひとつ。ロピさん、紅茶飲む？」

頷くと、スノワさんは魔法瓶から紅茶を注いで分け与えてくれた。お礼を言って受け取り、一口飲む。温かくておいしい。クラッカーと合う。

「ムゥムゥは、あたしの母が生まれる前に亡くなってるんだけど、遺品が幾つか蔵に残ってたんだ。うちの実家は高台の縁にあって、七十年前の沙災害を間一髪で免れてる。築八十年を超えかけてるから、近々建て替える予定だけどね」

クラッカーを食べ終えたスノワさんは、バックパックから一冊のノートを取り出した。薄くて小さいそれを、わたしに差し出す。

「これ、ムゥムゥが帰省中に急病を患って、その直後に書いたらしい、いわば遺言ノート」

「見ていいんですか？」

「どうぞ」

受け取って開くと、やはりあの読みやすい文字が、等間隔の機械的な配置で、つらつらと綴られていた。死の間際ですら字体が崩れないなんて、相当几帳面な人柄だったのだろう。しかし屋内は薄暗く、わたしは文字から内容を理解することが苦手だ。

「この別荘、変なところがあるでしょ。たとえば、普通の家にあるものがない。トイレとか、シャワールームとか」

スノワさんがバックパックから折り畳みスコップを取り出して、右の口角を上げた。そうして、キッチン奥のスペースを掘り始めた。

稲光と雷鳴の間隔が短くなり、雨脚が一層激しくなるなか、白い沙が次第に除けられていき、やがて色褪《いろあ》せたフローリングの床が見えたと同時、傍にしゃがんでその様子を見守っていたわたしは、息を呑んだ。

フローリングの床に、長方形の穴が開いていた。

穴のなかは沙で満たされている。でもこれは、「階段？」

「そう」

「地下室が？」

「遺言ノートの最後のページ、見てごらん」

言われた通り開くと、見取り図が書かれていた。これなら直感的に理解できる。見取り図はふたつ。それぞれ右隅にラベリングされている。えーっと、一階と、二階。

「ここ、二階だったんですか？」

「気づかないよね、完全に埋没してると」

長方形の穴がどんどん掘り進められ、ステップが姿を現し、いよいよ階段の確信が持てたところで、スノワさんは一度手を止めた。靴にかかった沙を払い、「湿ってるねぇ」と心配そうだ。

わたしは尋ねた。「この下に、何があるんですか？」

スノワさんは答える。「音楽」

「音楽」

「ずっと昔の、失われてしまった、機械に保存されていない、ムゥムゥを始めとした、誰かが残そうと試みた音楽」

わたしは、しゃがんで膝を抱えたまま、口のなかで、スノワさんの言葉を反芻した。

音楽。誰かが残そうと試みた音楽。

スノワさんはわたしを見遣り、わたしの手元を顎で示した。

「その遺言ノートには、コレクションのことが書いてあった。ムゥムゥはどうやら、ここと実家を何度も往復して、コレクションを別荘に移動させていたらしい」

手記の内容が思い出され、「あ」と声が漏れる。筆者は悪い脚を引きずって、否、這ってでも実家へ向かったのだ。大好きな音楽を残すために。

「でも志半ばで息を引き取った。蔵に残っていたのは、ムゥムゥが運びきれなかったCDとカセットテープばかりで、保存環境も悪くて、悉《ことごと》くだめになっていたよ」

CDについては、機械からダウンロードした辞書で調べていた。薄い円盤状のデジタル情報記録媒体だ。寿命は十年、保って三十年で、機械のクラウド形式と違って、データをメディアに書き込んで保存するらしい。もうひとつは知らない名前だ。「カセットテープって、なんですか？」

「磁気でデータを記録するやつ。寿命は三十年だったかな。博物館に頼み込んで再生機器を借りて試してみたけど、音は出なかった。CDも裏面が白く濁って剝げてて、まあ、時と場所がどうしても悪さをするよね」

物体なら、経年劣化は避けられない。ムゥムゥさんが避難を後回しにした音楽は、全滅してしまった。

階段を腰の深さまで掘り進めたところで、スノワさんはスコップを置いた。発掘途中の階段に腰かける。スコップの先端には、湿った白い沙がくっついている。

「車に小型の除沙機を積んでるんだ。掃除機みたいなやつ。ここから先はそっちかな。さすがに腰をやりそう」

「あの、この下の音楽は、だいじょうぶなんですか？」

「わからない。ムゥムゥはレコードを優先的に移動させたみたいだけど、こうも湿ってるから、カビてるかもしれないな。でもあたしは、そこに音楽が残っているなら、見つけ出したいんだ。一縷《いちる》の望みにかけて」

彼女の表情を、雷光が照らした。悪天候にちぐはぐな、穏やかな笑みだった。

ここに魚が、埋まっている。

直後に激しい落雷があった。空気が震えて、窓枠から入り込んできた風がわたしの頬を撫で、ふくらはぎに沙粒をぶつけていった。それらすべてがわたしの表面で発生していて、わたしの表面と内面の間には真空が生まれていて、さながら魔法瓶みたいに、わたしは外界の影響を無視できた。


風の強くない休日や放課後に、わたしは別荘に通った。ギターの練習はほとんどできなくて、スノワさんの作業を手伝ってばかりになった。会って数日の人の前で演奏する勇気が出なかったのと、沙の下に残された音楽が気になったからだ。

スノワさんは、街の公民館のひとつに宿泊している。長期滞在になるからと、安価なところを探して交渉した結果らしい。地域の人がよく来るらしく、発掘作業ができない強風の日は、町内会の作業に駆り出されているそうだ。

遺言ノートの間取りを見る限り、一階は二階と同じ広さで、その大半がガレージと倉庫だ。お風呂とトイレは、階段を下りてすぐ傍。そしてわたしがいままで出入りしていた玄関は、テラスの出入り口だった。テラスの手すりと床は木製だったために朽ちてなくなり、わずかな痕跡も沙に呑み込まれていたのだった。

スノワさん曰く、「ここはレコードの保存には適さない環境」らしい。「当然だけど、博物館や美術館の保管庫と比べたらね。ただ沙ってのは時々パックの役割を果たすんだ。何千年も前に火山灰で埋まった街を掘り起こしたら、当時の状態を保ったままの美しいモザイクアートが見つかった、なんてこともある」

スノワさんが持参した掃除機型の小型除沙機は、脇に抱えられるサイズで、ホースの先から沙を吸い込んで、反対のホースの先から沙を吐き出す、という単純な造りをしている。吐き出し口を別荘の外に固定して、電源コードをスノワさんの車のなかのポータブル電源につないで、スイッチを入れると、どんどん沙を吸い込んでいく。しかし一筋縄ではいかない。ガラスのない窓から絶えず沙が崩れ落ちてくるので、窓が出てきたら先に木材で塞いで、それから沙を吸い出して、なかなか手間のかかる作業だ。しかも一階は暗闇に包まれているので、これまたスノワさんの持参したワークライトが頼みの綱だった。

率先して手伝うわたしを、スノワさんは適度に諌《いさ》めた。特に窓が見つかったときは、予期せぬ雪崩に巻き込まれる可能性があるので、「もしあたしが沙に埋もれたら、街までレスキューを呼びに行ってくれない？」と理由をつけてわたしを一階から追い出した。一緒に巻き込まれては元も子もないので、わたしも従わざるを得なかった。

小型除沙機の吐き出し口から沙が吐き出され、別荘の横に積み重なっていく。新たな沙山が形成されていく。

やがてわたしは、外でスノワさんを待つ間、ギターを弾くようになった。

初めて弦を鳴らした日、服の沙を払いながら別荘から出てきたスノワさんは、「うまいね」と言った。「なかなかの腕前。歴は長いの？」

「八年です」

風のある日だった。別荘の周辺は凪《な》いでいた。しばらくして、ギターを抱えたまま、わたしは打ち明けた。

「この夏に、音楽隊の入隊試験を、受ける予定だったんです。でも寝台列車が運行取りやめになって」

「あー」スノワさんは、少し離れたところでペットボトルのキャップを開けた。ぐび、と水を飲んで、口元を手の甲で拭う。「最近、多いよね」

「だから次の試験を受けようと思ってるんですけど」

「そうか。いや、実はあたし、去年まで音楽隊のトップチームにいたんだ」

思いがけない告白だった。しかもトップチーム。「そうなんですか」

スノワさんはペットボトルのキャップをきゅっと閉めた。「父が倒れて、母ひとりで農場を運営するのは無理だから、家業を継ぐことになったの。気になることがあったら、答えるよ」

「音楽隊って、どんなところですか?」

「いいところ。好きなだけ音楽に取り組めて、学べて、同好の士と語り合える。何より活動場所が首都だからね。なんでもある。思い切り練習できる施設があって、聴きたいときに演奏会に参加できる」

音楽隊のサークルの人たちも同じことを言っていた。気軽に足を運べるスタジオやライブハウス、コンサート。音楽の専門知識や技術以外に、イベントの運営方法だって学べる。

「音楽隊に所属してよかったことは?」

「あたし個人としては、セッションかな。楽しくてたまらなかった。すべてが噛み合ったときの、何にも代えがたい刹那。音を通してつながる喜び。演奏者だけじゃない、聴いている人も巻き込んで、音楽がひとつになるんだ」思い出したのか、スノワさんの頬が上がり、目尻が下がった。「キーボードを弾きながら感じた。あたしはこの一瞬のために生きてきたんだって、おかしな話だけど、何度も何度も」

「おかしくないです」ただその一瞬のため——そんな一瞬が無数に訪れる人生は、輝きに満ちていて、最高の一言に尽きるはずだ。「生活はどんな感じでした?」

「最初のうちはレッスン中心で、アルバイト生活だけど、いい社会経験になるよ。そのうち軌道に乗れば、音楽家としてやっていける、人もいる」

「いけない人は?」

「辞めていくか、サークルに移って、別の仕事をするか」

「トップとサブでやっていく、ってどんな感じですか? どれくらい厳しいですか?」

「音楽を生業にしてるから、技術面の判定はシビアだけど、不祥事を起こさない限り辞めさせられることはないし、実力さえあればステージに立てる。自分でコンサートをセッティングしてもいい。あたしもやったことあるんだ。いろいろ発案して、やりたいこととできることを調節しながら、多様な人たちとああだこうだ工夫して、トラブルにも対処して。イベント企画も楽しいよ」

「どうして、音楽隊に?」

ふふ、とスノワさんの笑みが零れた。「ごめん、面接みたいだな、って思って」

「すみません、矢継ぎ早に」

「いやいや、将来に関わるんだから、大切なことだよね。そうだな、あたしは、単にもっと音楽がやりたかった。それに、組織に所属してる利点って大きくて、仲間ができる、いろんな人に助けてもらえる、機会や出会いに恵まれる、いざとなったら守ってもらえる、そういう環境が、自分には重要だったから」

「学校や家族には、反対されましたか?」

「先生にはすごく反対されたけど、親は送り出してくれた。ロピさんは?」

「親も先生も、応援はするけど、心配してる、って感じです。みんな慎重で、冷静で、音楽もいいけど、他の選択肢もあるからね、って一歩下がったところにいてくれる」

「理解のある人たちってこと？」

「そう、ですね」そうなのだろうか。「でも、誰かの心配を振り切るのは、どうしても、難しくて」

「繊細で優しいんだね」

「優しいのかな」

「優しいから、他人の優しさに気づけるんだよ。でもそれは、ある種の重りでもあるけどね」

「重り？」スノワさんと目が合った。「自分の優しさが？」

「いや、他人の優しさが」

「そんな、贅沢な」

「贅沢かどうかは、人によるよ」

「…………」

　奇妙な間があって、黙ってしまったわたしが謝ろうとして、スノワさんが唇を尖らせた。

「そうか。まあ、気にしないで。とにかく、音楽隊はいいよ。音楽が好きなら、何にも代えがたい経験ができる。おすすめの場所。大好き」幸せを湛えた双眸《そうぼう》だった。

　きっと、この人の身体の水には、彩り豊かな魚がたくさん泳いでいる。それは筆舌に尽くしがたいほどの美しさなのだと、わたしは思う。

「辞めちゃって、寂しくないんですか？」

「音楽自体をやめたわけじゃないから。それに、快く送り出してくれた親に、恩返しがしたかったんだ。感謝ができるうちに。うちの農場、ひとりじゃ回せないからさ」

手元に視線を投げて、でもね、と彼女は続ける。

「母からムゥムゥの話を聞いて、自宅の蔵を漁って、失われた音楽の痕跡を見つけたとき、焦りを感じた」

「焦り？」

「取り残されていく感覚。何かがどんどん崩れていく感じ。大陸の端っこから、地面がひび割れて落ちていくみたいな。それで音楽隊の友人に連絡を取って話していたら、ある団体を紹介された。沙の下から音楽メディアを発掘して、出来る限り電子データ化して、機械に保存して、残していく団体」

「そんな団体が」

「知名度は低いと思う。まだ発足したてで、成果も出てないから」

「その団体に参加したから、いま、ここに？」

「そう。あたしには、新しい曲を生み出す力がなかった。曲の作り方がわからなかった。何度も挑戦したけど、一向に理解できなかった。こればかりは、いまでもちょっと悔しい。巨人の肩に乗る、という言葉を知ってる？」

頷く。「先人たちの築いた物事の頂点に立つことで、さらに遠くを見渡せる、ってやつですよね。昔の人はすごい、みたいな意味だった気がします」

理科の先生が言っていた。有名なメタファーらしいけれど、提唱した人物の情報は沙の下だ。

「七十年前の大沙嵐で、あたしたちはこの巨人を部分的に失った。先人たちが着実に積み上げてきたものは、いま、非常に不安定な状態だ。あたしは新しいものを生み出せない。でも、過去のものを取り戻すことはできるんじゃないかと思った。それがあたしにできる、音楽の継承の形なんじゃないかって」

継承の形。音楽を残すことの、具体性。考えたこと、なかった。

「スノワさんにとって、音楽はやりたいことですか？　やるべきことですか？」

「やりたいことだよ」即答だった。「七十年前、大沙嵐という大災害から抜け出すために、実用的な人間が重宝された。その傾向は、沙の侵食が止まない現在も続く。芸術を志すことは、いまの時代や社会に求められている役割から、大きく外れている。音楽は除沙車を作らないし、天気予報を出せないからね」

現実って手厳しいよねぇ、と彼女はひとりごちる。涼やかな横顔で。

「沙はどんどん降り積もって、崩れて、予定を狂わせて、行く手を阻むばかりで、消えてくれない。生きていく以上、あたしたちは沙にまみれて生活せざるを得ない。でもね、たとえば除沙作業のような、倦《う》むような工程がひたすらに繰り返されるそこに、音楽があればさ、最高だと思うんだよ」

わたしは頷いた。

「その意味では、音楽ないし芸術は、求められているとも言えるよね。屁理屈かもしれないけれど」

スノワさんは水を一口含んだ。

わたしは尋ねた。「どうして音楽をするんですか？」

「好きだから。音楽は残すべき価値があるものだと、強く思うから。きみは？」

「わたしは……」同じだ。「好き、だから」

「楽曲制作とか、してるの？」

頷くと、「すごいね」と優しい口調で言われる。「どうして曲を作ってみようと思ったの？」

「弾いているうちに、自分でも作ってみたくなって。一曲だけ」

「どんな曲？」

わたしは答えられない。「わからない。なんのための曲なのか、誰に届けたいのか、わからないんです。だから題名も決まらない……」

わたしの魚が誰かのなかで泳ぎ出す瞬間を見たい。わたしは人前で歌えないし、曲は完成しないのに。

「ロピさんにとって、音楽はやりたいこと？　やるべきこと？」

「やりたいことです。でも、〝好き〟っていう一辺倒な理由だと、ただのわがままになりませんか？」

「わかるよ。それっぽい動機がないと、フォーマルな場では面倒だよね。〝好き〟がすべてでも、〝好き〟だけでは伝わらないことが多い。〝好き〟はエンジンになるけれど、道導《みちしるべ》にはならないと、あたしは思ってる」

スノワさんは、大人の笑みを浮かべている。

「あたしもそうだったな。〝好き〟だけじゃ足りないとき、安心したくて、先へつながる理由を探した」

先へつながる理由、わたしがほしいものだ。新しい魚を誰かの水に泳がせたい、は叶わない願望だし、トップチームやサブチームに入隊することは手段で、理由じゃない。

「その理由とか動機って、きっと具体的なほうがいいですよね」

「どうかな。説得力があるのはそっちだけど、でも……自分だけの理由が、見つかるといいよね。誰かや何かのためじゃない、自分を支える理由や願いが」

「どうやって探せばいいですか？」

「待つのも手だよ。そのうち孵化《ふか》するかも。殻を突き破って」

さて、とスノワさんは立ち上がる。

「あたしは、もうちょっと頑張る。ロピさんはもう帰りな」

「でも」

わたしが言うと、「でも？」と返された。

「まだギターを弾きたいから」

陽が傾ぎ、木々の日陰も相まって、辺りは日暮れの様相を呈している。

よく晴れた冬の日だった。空気は乾き、冷え込んでいた。わたしはダウンジャケットを着て、池畔だった場所で、いつものようにギターを練習していた。

この半月のうちに、スノワさんの前で音楽に没頭することへの抵抗がなくなった。音楽を愛する人が、誰かの演奏を笑うはずがないと、確信を持てたからだ。まだオリジナル曲を演奏したことはない（あれは歌唱とセットだ）し、カバーソングを歌ったこともないけれど、それでも、知り合って数日の人の前で演奏できる自分に、自然と頬が緩む。

「ロピさん」

身体を捻ると、スノワさんの顔が別荘からひょこりと覗いている。

別荘の傍には、沙山がいくつもできていた。一階の発掘作業によって築かれたそれらの傍に横たわる除沙機のホースは、いまは疲れ切ったように静まり返っている。

「おいで」

手招きされた。

別荘に入ると、二階の部屋の隅に、一階にあっただろう遺留物が積まれていた。七十年の年月に変形させられたようで、原形をとどめている物は少ない。金属製の踏み台は錆びて赤茶けて大きな穴が開いていたし、見たこともない、使い方のわからない小型の装置らしきものは、ほぼスクラップになっている。

「一応、防塵マスクを」と言ったスノワさんは、すでにマスクを着けている。「こっち」

導かれるまま、除沙ホースを踏まないよう、階段を下りる。一階の狭い廊下は暗闇に包まれていた。湿った臭いが残っているけど、そこまで気にならない。スノワさんの手の懐中電灯が、短い廊下の先のドア枠を照らしている。

「ここが車庫ね」

ドア枠をくぐると、空間が広がっていた。最近まで沙に埋没していたそこが、いまはがらんどうになっている。車庫の奥にドア枠がひとつあり、そこから光が漏れていた。

「こっちが倉庫」

スノワさんの先導で、ドア枠をくぐる。この部屋は初めて入る。

倉庫には、ワークライトがひとつ置かれていて、それが強烈な光を放っていた。スノワさんの車のポータブル電源から電力を供給しているのだ。ワークライトの陰には、さっきまで稼働していたのだろう除沙機が置かれている。部屋全体はそこまで広くない。四隅には沙山が少し残っていたが、床は見えている。そして備え付けの壁面収納の扉が、奥の壁一面に並んでいた。

「普通の棚なら、ここまで沙の嵩を下げなくてもよかったんだけどね」

スノワさんは扉を軽くノックした。折れ戸らしい。

「でも予定より早く済んだよ」

彼女は懐中電灯をわたしに託し、壁面収納の把手《とって》を摑んだ。

「さて」

蝶番が嫌な音を立てて、沙を噛みながら、ぎこちなく開いた。

ワークライトに照らされたのは、薄い冊子のようなものがぎっしりと詰まった棚だった。

その冊子らしきものを丁寧に取り出したスノワさんは、わたしの照らした明かりのなかに、それを晒した。大きな正方形の、紙製のジャケットだった。経年劣化とカビのせいで、ジャケットの印字は読めない。隅も白いカビに覆われていて、少し擦れるだけで、ぼろぼろと紙の塊が落ちていく。ジャケットのなかに、何かが入っているようだ。

ごくり、とスノワさんが息を呑んだ。

ジャケットを傾けると、ビニールの保護袋に入った黒っぽい円盤が、ゆっくりとずり落ちてきた。

「レコード盤、ですか？」

スノワさんが頷き、ナイロン製の手袋を装着して、その円盤を保護袋から、中央以外は触らないように、慎重に取り出す。

レコード盤の表面には、白いカビがまだらに生えていた。

「これ……」

「洗えばだいじょうぶ、だと思う」

「洗えるんだ」

「塩化ビニルだから」

レコード盤の中央には、ラベルが貼ってある。

「ここには、演奏者とか歌手とか題名が記されてるはずなんだ」

カビの侵食を受けているが、線をうまく結べば、かろうじて読み取れそうだ。

「わたしも」確認したい、と言う前に、スノワさんがポケットから予備の手袋を取り出した。ワークライトの光に切り取られたスノワさんの手は、抑えきれない興奮で震えていた。手袋を受け取るわたしの手も、つられて強張る。

手袋を装着して、ジャケットを棚から取り出して、なかのレコード盤を検品していく。カビに侵されたもの。無傷のもの。ジャケットが朽ちているもの。ラベルが読み取れないもの。保護袋がないもの。アクリルフレームに密閉されているもの。ひとつひとつ取り出して、ワークライトや懐中電灯で照らして、状態を確認する。この円盤がどうやって音楽を保存しているのか、どうやって使えばいいのか、てんでわからない。でも、劣化がマシなものを見つけると、嬉しい。

一度地上へ戻ったスノワさんが、何かを抱えて戻ってきた。折りたたまれた収納ボックスだった。そこにレコード盤を立てて入れていく。わたしも手伝った。薄いクッションで隙間を埋めるのは、レコード盤の反りを防ぐためだそうだ。運ぶときは慎重に、車に積んでからは暗幕をかけた。

「乗って」と言われて助手席に乗車すると、後部座席に身体を捻ったスノワさんが、大量のスナック菓子とジュース缶を取り出した。

「簡単だけど、祝賀会でも」

そうして陽が傾く頃、街まで送ってもらった。

「次に来るときは、絶対に再生機器を持ってくるから」

スノワさんは何度も約束してくれた。じき、自宅のある東のオアシスへ帰るそうだ。レコード盤のクリーニングにかかる日数はわからない。それでも「必ず」と、窓から手を出した。わたしたちは固い握手をした。

公民館へ戻っていく車が遠ざかり、風が止んで、わたしの周囲は無音になった。わたしは一息吐いた。背中のギターがあたたかく感じた。

身体のなかの水が、久しぶりに循環を開始している。

7

学期末のテスト明けから、一段と冷え込むようになった。放課後の教室は暖房の名残りで生ぬるかった。

テーブルを挟んで正面には、担任がいる。テーブルの上にはわたしの答案用紙が並ぶ。問題文が最後まで読めないまま制限時間を迎えたものだ。

「入隊試験の練習もあると思いますが、目の前のやるべきことにも、真剣に取り組みなさい。特に学年末の進級試験は、将来に関わります」

担任の言葉に頷く。

「自分の夢のために歩み出すのは、かまいません。でも、きみを育てて、見守って、心を砕いている大人がいる。せめて、その大人を納得させるか、安心させるか、しましょう」

説得をするように説得された。

終業式の日。エーナに誘われて、地下街のおしゃれなカフェで忘年会をした。ケーキと紅茶が売りのお店で、食べ放題プランにしたので、エーナは幸せそうだった。わたしも甘いものは嫌いじゃないし、楽しそうなエーナを見るのは好きだ。

「公務員の研修は、来年からだよね？」

「うん」ティーカップに飴《あめ》色の紅茶を注ぎ、エーナが答える。「週二で、基本オンデマンド。メールの書き方とか、資料の作り方とか、受付の対応とか、教えてもらえるみたい」

かぐわしい紅茶の香りが、ふわりと漂ってきた。スロージャズが流れる店内は、奥ゆかしく繁盛していた。上品な客が多いらしい。

お姉ちゃんがね、とエーナが切り出した。「今年から社会人になったんだけど」

「二つ上だっけ」

「そう。働き出すと、人って変わるよね。受け答えとか、態度とか。あれって、何がそうさせるんだろう。責任感なのかな」

「いっぱい失敗する分、成長も実感できて、自分に自信がつくとか」

「あの先輩もさ」

「スカッシュ部の人？」

「そーそー。行きたかった業界の内定が出たんだって。それでいま研修受けてるんだけど、人間性がみるみる向上してて、追いコンで久々に話してびっくりした」

わたしはひとりっこで、友達もエーナだけだから、年上のことはわからない。でも、お店や公共施設を利用するとき、窓口の人が若いと、すごいなあと思う。数年後、わたしはこんなふうにてきぱき仕事をこなせるだろうか、って。

「社会人になると、社会で生きていくための最低限のマナーが学べるんだよね。民間とか公務員とか関係なく、研修で。それって、ありがたいことだよね」

紅茶を一口飲んで、エーナはほうと息を吐いた。カップを両手で包み、じっと手元を見つめている。わたしは次のケーキを取りに行こうかと、バーを見遣った。

「あのさ」エーナが零した。「その先輩に否定癖があるって言ったの、憶えてる?」

「うん」

「それ、マシになってたんだけど、完治はしてなかった。でもね、就活でうまく働いたんだって。自己批判や自己主張ができて、情報の正誤を指摘できるところが買われたんだって」

「たしかに、短所は長所って言うもんね」

「それで、悪癖もただ悪いばかりじゃないんだな、って思ったんだよね。逆にさ、長所が自分に牙を剝くことも、あるんだろうな、って」

「失礼いたします」店員だった。「空いたお皿、おさげします」

はい、とわたしが答えると、テーブルの端に寄せていた大皿が、すいすいとトレイに載せられる。「失礼いたしました。ごゆっくりどうぞ」「ありがとうございます」店員が去っていく。

エーナと目が合う。エーナが口を開く。

「ロピは、やっぱり、音楽隊志望?」

「そのつもり。願書はまだ、出せてないけど」締め切りは年明けだ。

「そうなの? なんで?」エーナの眉毛が上がる。「街に残るの?」

「いや……まあ、いろいろ、思うところがあって。本当にこれでいいのかな、とか。選んだほうがいい道が、他にあるんじゃないかな、とか。音楽は好きだけど、好きなだけで進んでいいのかな、とか。パパのスケジュールも、まだ出てないし、志望動機も、固まってないし」

「……そっか」

「みんな、どんどん先に行っちゃうな」

でも、不思議と焦りはなかった。いまのわたしは、立ち止まっているだけだ。また歩き出せる気がする。音楽を愛するスノワさんと、沙の下から救い出されたレコード盤のことを、考えるだけで。


冬期休暇初日。スノワさんの出立日。別荘に足を運んだ。オフロード車はなかった。レコード盤を掘り出して、すぐに街を発ってしまったのだろう。もっとちゃんとお別れしておけばよかった。

畔だった場所で、ギターを取り出す。池は影も形もない。空は曇天だった。少し風があった。木陰は一段と寒かった。ダウンジャケットに首を埋める。

いつもの練習をする。音楽は文字を読まなくてもできるから最高だな、と思う。文字を読むのが嫌なわけじゃない。得意なほうがいいのはわかっている。それでもやっぱり、掠れた文字を読み解くのは、どうしても疲れる。

冬期休暇中の風の強くない日は、こうして朝から別荘で課題曲の練習をして、悪天候の日は家に籠って進級試験の勉強をするつもりだ。〝やるべきこと〟と向き合って、努力して、結果を出さないと、パパや担任がかけてくれた時間を無下にしたまま、学生生活が終わってしまう。街を発つ前に、みんなを安心させたい。演奏が難しいなら、入隊試験の結果と勉強で。

一通り練習を終えた。

一息吐いてから、頭のなかの楽譜を引っ張り出した。題名の決まっていない、オリジナル曲だ。イントロを爪弾く。この二週間、練習していない間も、身体の内側で鳴り響いていた。

歌詞と曲のイメージは、おおよそ定まってきた。喉が渇いて、孤独で、行く当てもなくて、荒涼とした、沙の大地。簡単に崩れる足元と、吹きすさぶ風と、数歩先の見えない視界。魚の生きていけない、乾燥した世界。そんな逆境でも響く曲。

音に形は無い。だから昔の人は、音楽をレコードとかCDとかに刻んで、情報として残そうとした。けれども情報は脆い。いつかどこかで失われる。たとえば沙に、覆われて消える。音源も、再生機器も。人は身体のなかに水を湛えていて、そこに音楽という魚を泳がせることができる。魚は人を介して、遥か先まで生き続ける。音楽を愛する人さえいればいい。沙に干渉されない、生きた音楽の残し方だ。

ギターをかき鳴らし、ハミングを始める。

しばらく歌っていれば、喉がほぐれていく。柔らかくなって、滑らかになって、歌を歌うのにふさわしいわたしになっていく。もう何年も、誰にも聴かせていない歌声。小魚にしか聴かせていなかった。唯一の聴衆は沙の下だ。一抹の寂しさ。誰もいなければ、こんなに伸び伸びと歌える。誰もいなければ、わたしの音楽を聴いた誰かの身体のなかに魚が泳ぐことはない。それは少し、物足りないな。でも誰の前でも歌えないもんな。誰かの前で歌えたらな。そうしたら、一瞬ですべてが解決するのにな。

最後のワンフレーズが終わる。

残響が、乾いた空気を震わせている。

全部を吸い込む沙地に包まれていようと、観測されているなら、音楽はそこにある。

「きみ」

振り向くと、別荘の前にスノワさんが立っていた。

彼女の姿を認めた瞬間、どんっと心臓が破裂して、頭が真っ白になった。血が急激に下がって、顔は一気に熱くなった。激しい羞恥心と焦燥感に襲われて、喉がぎゅっと閉まり、息が詰まって、視界が点滅して、眩暈がして、座っていられなくて、でも倒れちゃだめだと思って、どうにか地面に手をついて耐えた。しばらく動悸と汗が治まらなかった。

「ごめん」

スノワさんが言った。彼女はわたしの傍に膝をついて、背中をさすってくれていた。

彼女は何も悪くなかった。これは事故だ。原因はわたしの確認不足。別荘のなかを確かめなかった。誰かに歌を聴かれただけで、こんな症状が出てしまうなんて、思ってもみなかった。スノワさんだって、歌を聴かれただけで息切れする人を目の当たりにして、混乱しただろう。

「びっくりさせて、ごめんなさい。わたし、ほんと、弱くて」

ちょっと茶化しながら、自分の状態に自分でも驚いたことを、ぽつりぽつりと伝えた。スノワさんは、笑わなかった。真剣な表情だった。頑張って笑顔を作ったわたしは、態度を間違えた気がした。どう取り返せばいいのかわからなかった。

「訊きだすつもりはないよ」

スノワさんの声音は、露もほころんでいなかった。滑らかになだらかに、凪いでいた。

「ええと、あたしはここ数日間、公民館の手伝いをしていて。一宿一飯の恩義ってやつ。だからまだ、街にいたの。出発は、予定通り、今日の昼過ぎ。いまは車をメンテナンスに出してる。長距離を走るから、タイヤの具合をチェックしておきたくて。それで、その待ち時間に、忘れ物がないか確認しに来て、発掘したガラクタを見てたら、夢中になっちゃって、さっき歌声に気づいて……もしかして、ずっと練習してた?」

集中してると聴こえなくなるんだ、と彼女の声と口元がほどけて、引き締められる。

「本当に、ごめん」

まっすぐ、目が合う。

わたしは慌てて下を向いた。「いえ」俯いたまま、首を横に振る。「スノワさんの、せいじゃないです」

あたたかい掌が、ずっと背中をさすってくれている。わたしの症状が完全に治まると、スノワさんは腕時計を確認した。そろそろ時間なのだろう。

「次はいつ来てくれますか？」わたしから尋ねる。「レコード盤の音源、楽しみだから」

「……そうだね」スノワさんの表情には、一握の沙くらいの悲しさが混ざっている。「三ヵ月後、くらいかな」

「入隊試験の翌週は？」

「それくらいなら、ターンテーブルの貸出申請もできるはず」

「じゃあ」

次会えるのが楽しみです、と言うと、スノワさんは「あたしも」と応えて、ゆっくりと立ち上がった。立ち上がって、止まった。何かを考えている様子だった。数秒の沈黙のあと、スノワさんは腰を下ろして、背筋を正し、わたしを見つめた。

「きみは、音楽をするべきだよ」

やっぱり笑っていなかった。いままで聞いた彼女の声のどれよりも、芯が通っていた。

「歌うことが好きだろう？　そういう歌声だったし、そういう歌い方だった。わかるんだ。あたしも音楽を愛しているから。……すごく難しいことを言ってるのは、わかってる。言われて困ることを言ってるのも、わかってる。でも、どうしても、伝えておきたくて」

スノワさんの双眸は、澱みがない。真夜中の水のように、澄んだ黒色をしている。

「あたしは、きみの歌、すごく、すごく、好きだよ。ほんとに。恋をするくらい」

それが本音だってことくらい、わかった。

「けど……もし興味があったら、これ」

彼女はポケットからケースを取り出して、名刺を差し出した。

「あたし、音楽を保存する団体に所属してるって言ったでしょ」

受け取った名刺には、団体の連絡先と、スノワさんの連絡先が載っている。

「強くは誘わない。あたしはきみの人生に、責任を持てない。最後に選ぶのはきみだ。でも、こういう選択肢があるってことも、知っていてほしい。音楽への関わり方は、ひとつじゃない。それから、」

わたしは、顔を上げる。

「どうか、このお節介を、重りにしないでほしい。これは、きみのための優しさではなくて、きみの歌に恋したあたしの、年長者からの、ひとつの提案だからね。無視していいんだよ。優しさを受け取れるなら、拒むこともできる。きっと」

スノワさんは、春の陽射しのような眦《まなじり》で、わたしを見つめている。

わたしは名刺を両手で持ったまま、尋ねた。

「いつかまた、誘ってくれますか?」

スノワさんは、にっと笑った。「もちろん」いたずらっ子みたいな笑みだった。「あ、けど、その名刺は持っておいて。暇なときに、気軽に連絡してくれたら嬉しい。また、音楽の話をしよう」

そう言ってくれて、わたしも嬉しかった。

「入隊試験、いい結果を祈ってる」

「頑張ります」

「それと、きみはたぶん、すごく強いよ。自分がどうしたいかわかっていながら、自分以外の誰かのために、優先順位を冷静に入れ替えて、その場に留まり続けている」

「それを、強さと呼んでいいんでしょうか」

「あたしはそう呼ぶ。きみは、繊細で、優しくて、それより遥かに、強い」

「ありがとう、ございます」

「強いからって自分を犠牲にしないでね。全部が円滑にいく方法なんて、滅多にないよ」

スノワさんは、小径の途中で何度も振り返っては手を振って、沙山の上からも手を振って、立ち去った。

その日の晩、電気を消してベッドに入ってから、なかなか寝付けなかった。窓の外では、沙嵐が吹き荒れている。明日は家から出られない。勉強の日だ。読み上げ機能を気兼ねなく使える。

他人に歌を聴かれるだけでパニックを起こした、自分のことを考える。

悲しくなかった。人前で歌うことは怖くても、人前で歌えないことは怖くなかった。時間をかければ、病院で治せるだろう。いつかは克服できるかもしれない。でも、いまは、人前で歌えなくてもいいかも。小魚の前で歌えるくらいがちょうどいい。誰かの前で歌えない自分を実感する。そうだ、わたしは、本当に、誰かの前で歌えないのだ。

わたしを緩やかに苦しめていたものは、恵まれた肯定。優しさを振りほどけない自分。人前で歌うことができたら、という幻想。

優しさは、重りになる。

重さに気づいたら、下ろせる。

手記を思い返す。一週間かけて音読しながら内容を理解した、ムゥムゥさんの言葉。ムゥムゥさんは、自分の苦手なこと、できないことと、どう向き合っていたのだろう。脚が悪い自分のことを、嫌っていただろうか。

たとえば、同級生みたいにすらすら文字が読めないところ、テストが最後まで解けないところ、自分で書いた途中式のミスを、見つけることもできないところ。ずっと悩んできた。どうしてみんなはさらっとやってのけるのに、わたしは不得手なままなんだろう、って。

わたしは、自分の足りない部分をよく理解している。だからたぶん、自分なりの努力の仕方を知っている。

頑張ったところで、どうにもならないことはある。自分ができることも、わかっている。

相手の優しさを受け取ることが、相手を尊重することだと思っていた。柔軟で寛容でありたかった。それより遥かに、わたしは強いそうだ。

重りを抱えるのは、やめよう。人前で歌うことへのたらればも、やめられる。

わたしは、頑張っているわたしのことを、尊重しなければ。

8

音楽隊入隊試験の願書を出した。年が明けて、始業式を終え、学校生活が戻ってきた。空気が乾き、気温はどんどん下がる。山火事が起きたとか、どこかの沙山が崩れたとか、どこそこの廃村が埋まったとか、寂しいニュースが公共放送から流れてくる。冬から春にかけては、天候が荒れやすい。エーナは体調を崩しているらしく、電車で会わない日々が続いた。

進級試験を一人別室で受けたい、と告げると、担任は物の見事に固まった。石みたいな表情筋に、ひび割れみたいな動揺が見えた。

職員室前の廊下だった。放課後の喧騒が遠くから聞こえる。向かい合うわたしと担任の横を、見知らぬ学生が通り過ぎていく。

担任は頭を掻いて、ポケットから鍵を取り出して、小会議室を解錠した。入ってドアを閉めると、喧騒がくぐもる。

読むのは苦手、聞くのは得意だと伝えた。

「タブレットの読み上げ機能を使いたいので、音声を再生できる環境が欲しいです。お願いします」

担任は手荷物を小脇に抱えたまま、悩んでいる。どこかへ向かう途中だったのだろうか。

数年前、クラスメイトが、「文字を読むと眠くなるよね」と言っていたことを思い出した。「ほんと、全部イラストだったらいいのにね」と別の子が同調した。「教科書が漫画にならないかな」。文字が掠れて見える人なんて、いなかった。その人のための環境もなかった。なら、自分で工夫するしかない。テストの受け方なら提案できる。できないまま、できるように。

「わたしの一存では決められません」

ぽつりと返答がある。

視線を上げると、担任と目が合う。

「学年主任に訊いてみます」

ガラ、とドアが開いて、小会議室に別の先生が入ってきた。わたしを見て「おや?」と言う。

「これから会議なので」担任が言う。

わたしは会釈して、その場を後にした。

結果として、わたしの要求は通った。

一ヵ月後、風のない日に合わせてテスト日が設定されて、登校すると、空き教室に呼ばれた。クラスメイトは不思議そうにわたしを見ていた。事情を知っているエーナは、笑顔で手を振ってくれた。

一時限目は気象学だった。開始のチャイムが鳴る。問題用紙と答案用紙を表に返して、問題用紙の一文目にタブレットをかざす。試験監督が教室の後ろで目を光らせている。文字が読み込まれて、音声が流れた。一回聞けば理解できる。誤字がないように、習った書き順に追従して、解答を書き込んでいく。書き終わると、すぐに次へ。選択問題だ。タブレットをかざして文字を取り込んで、画面をタップすれば、任意の文章を読み上げてくれる。これなら、文字が多くても大丈夫だ。記述問題はちょっと苦労した。それでも、体感したことのないスピードでテストが進んでいく。最後の問題まで来た。最終問題は決まって難問だとエーナに聞いている。確かにコアな知識を求められた。資料集に載ってたのかな、と必死に考えるけれど、全然思い出せない。でも楽しかった。初めて、問題の内容で頭を悩ませることができた。

進級試験は二日間ある。二日目の最後の科目は物理だ。数式とか問題文とか、タブレットが上手く読み込んでくれない部分は、すぐに試験監督に尋ねた。問題用紙を指して「これは3ですか、8ですか」と尋ねると、試験監督が「3だよ」と答えた。疑《うたぐ》りの視線を感じた。それがなんだっていうんだろう。怖いものなんて、恥ずかしいことなんて、何もなかった。わたしは、わたしができる範囲のことを精一杯やっている。

テストが終わって教室に戻ると、クラスメイトたちは部活に向かったり、打ち上げの予定を話しながら連れだって出て行ったり、答え合わせをして嘆いたりしていた。

「ロピ」部活のバッグを斜めに提げたエーナが、駆け寄ってきた。「どうだった?」

わたしは答える。「いままででいちばん、できた、と思う」

翌週、答案用紙が返却された。学年上位に入るような点ではなかったけれど、平均点以上かつ自分史上最高得点だった。クラスメイトは誰も何も言って来なかった。誰もわたしを気に留めていなかった。授業終わりに担任に呼び止められた。

「次からもあの形式でやりましょう。いままで気づかなくてごめんなさい」

結果をパパに見せると、「そうかそうか」と何度も頷いてくれた。

「なあ、ロピ。せめてパパの前で、一度くらい、ギターを弾いてくれないか？　課題曲でいいから」

わたしは考える。首都へ行くには、パパの力が必要だ。歌うことは無理でも、演奏なら。入隊試験のためなら。エーナやスノワさんの前でなら、できたのだ。でも。

「前日まで、考えさせて」


入隊試験まであと一ヵ月になった。入隊試験日の三日前の寝台列車を予約した。ホテルも自分で予約した。やれるだけのことはやった。できないなりに努力した。わたしは、努力しているわたしがきっと好きだ。音楽をしているわたしが大好きだ。

別荘は寒かった。沙はいつまでも白かった。風が強いと空気も白くなった。外に出るときは、防塵マスクが必要だった。ゴーグルを着ける人も増えた。朝焼けと夕暮れは赤灰色。防風林に転がるガラス瓶のごみは、表面が擦れて不透明になっている。季節が春に近づくにつれ、風の強い日が増えて、別荘に行けないことも多い。スタジオを借りるお金はない。家でできることは少ない。昼間の短時間なら近所迷惑にならないだろうと、窓とカーテンを閉め切って、頭から毛布を被って、できる限りの防音対策をして、ギターを弾く。重い毛布がのしかかって、首が痛い。楽しい。課題曲がすごくいい。このコード進行、好きだな。わたしが生まれるずっと前の、知らない人が作った曲。この音楽を生み出した人と、話してみたい。どうやって作ったんだろう。何を思って生みだしたのだろう。

オリジナル曲は、家だと弾く気になれなかった。別荘に行くと弾けた。いつまでも弾けた。飽きなかった。息抜きに歌った。歌詞やメロディーが固まってきた。未熟な部分だらけだろうけど、いまのわたしには、これ以上直すところが見つからない。そろそろ題名を決めても、いいかもしれない。何にしようか。

無理に決めなくてもいい。いつかそのうち、風宿りする鳥と出会うみたいに、向こうからやってくる。孵化するまで待ってみよう。いまはとにかく、ギターの練習だ。

課題曲を暗譜した。ミスもしなくなった。堂々と弾けている。これなら、パパの前でも……。わからない。まだ怖い。寝台列車の予約日まで、あと三週間。二週間。一週間。

「入隊試験の辞退は、難しいかな」

思いもよらぬところから刺されたとき、人は手に持っていたものを取り落とす。テーブルとぶつかったスプーンが、カランカランと音を立てた。ああ、とパパが腰を浮かせる。スプーンについていたシチューが飛び散ったのだろう。

「ど、どういうこと？」

「来週に、除沙作業の予定が入ったんだ。最近、沙の量が多いだろう。それで日程が追加されて」

ほら、拭きなさい、と布巾を渡された。パパが替えのスプーンを取りに行く。テーブルに落としたことくらい、気にしないのに。

「辞退って……」

「難しいよな。でもな」パパが新しいスプーンを、わたしの皿に置く。「ひとりで首都に行くのは危ない。長い旅路になるし、外泊だって初めてだし、この時期は列車の運行取りやめも多い。どこで足止めを食らうかわからない」

パパの言い分もわかる。沙堤防の外では、災害による事故が多い。竜巻に巻き込まれることもある。沙丘の崩壊事故に遭ったら、遺体が見つからないこともある。息絶えたママが沙の下から見つかったのは、不幸中の幸いだった。

「けど、だって、行かなかったら、どうするの？」

「夏にもう一度挑戦するのは、無理かな。パパはロピが安全に楽しく過ごしてくれていたら、周りと足並みを合わせていなくてもかまわないんだ」

「そうじゃなくて……辞退は、したくない」

「そうだよな。うん。そこでな、ロピ、パパちょっと調べてみたんだ。入隊試験は、映像の持ち込みも受け付けてるらしい。ロピも演奏しているところを録画して、映像で受験してみるのはどうかなぁ」

何も言いたくなかった。でも、黙るのは嫌だった。「自分で、どうにかするから」

「どうにかって」

「どうにかする」

会話が途切れた。

翌日、パパは録画機材を買ってきた。「いちばん良いマイクにしたぞ」と朗らかに言われて、わたしは俯いた。パパは悲しそうな顔をしていたはずだ。

久々の登校日、電車のなかでエーナにそのことを言うと、「うわー」と困った顔をしてくれた。「ロピのお父さんは、不器用なところあるよね。でも心配する気持ちはわかるなぁ」

「わたし、どうしても、首都に行って試験を受けたい。諦めたくない」

「珍しいね、そんなふうに言い切るの」

「やめたんだ、他人がくれる優しさを、全部抱えるの。わたしはただ、音楽がやりたい」

「そう……けど、街の外は」

「這ってでも、行く」

少なくとも、録画だけは嫌だ。絶対に嫌。考えただけで悪寒がする。

駅に着く。電車から下りて、ホームの途中で、エーナが立ち止まった。わたしもつられて立ち止まる。人の流れは、わたしたちを避けて進む。さながら風に運ばれる沙みたいに。

「あのさ」と、エーナが言う。「たぶん、ロピは、エーナに言ってないことが、たくさん、あるよね」

「……うん。でも、隠してるわけじゃないよ」

「わかってる。エーナも、根掘り葉掘り、訊かないことにしてるし、エーナだって、ロピに話してないこと、たくさんある。この距離感が心地好いし、全部を共有するのが友達ってわけじゃないから、それはそれでよくて……」

エーナは俯いた。生ぬるい地下鉄の風が吹く。どこかから入り込んだ沙粒が、ぽつぽつと腕に当たる。ホームに取り残されたわたしたちは、身体だけが向かい合っている。

「ギターを弾いてるときのロピ、すごく幸せそうだった。本気で音楽が好きなんだな、って思った。ロピと一緒にいるのが楽しくて、沙が怖いから行ってほしくなくて、けど、否定癖に良し悪しがあるなら、肯定癖にも良し悪しがあって、悩みを生むこともあってさ。それでもエーナは、ロピの肯定癖を尊敬してるんだよ。すごいな、頑張れ、って思ってる」

エーナが顔を上げる。力なく微笑んでいる。ちょっと泣きそうでもある。

「寂しいけど、きっと、ロピは行くんだろうね」

わたしは言葉を呑み込んだ。ただ、頷いた。

「ロピ、いままでごめん。ずっと謝りたいなって思ってた。ロピの長所に甘えてた。エーナ、わがままでさぁ」

わたしは首を横に振る。「ありがとう。気を付けて、行ってくるね」

エーナは頷く。「ロピなら合格するよ。一緒に激辛ラーメン食べに行こう」

「おいしかったよね、あそこ」

春期休暇に入った。

寝台列車とホテルの予約を、キャンセルしたとうそぶいた。

パパが仕事から帰ってくるまえに、荷物をバックパックにまとめて、ギターケースを提げて、家を出た。

中央駅で、寝台列車に乗り込んだ。

第9オアシスを出て、最初の長いトンネルを抜けると、窓の外が白く染まっていた。風が強いらしい。

音楽隊の入隊試験は、三日後だ。トラブルがあったときのために、前々日の昼に首都につい て、ホテルに連泊して、試験を受けて、さらに二泊して、帰ってくる。移動も含めて六泊七日。一週間も家を空けるのは、初めてだ。いまごろパパは、血眼になってわたしを探しているだろう。自室のデスクの上に「行ってきます」と書置きしておいたけれど、気が安まらないだろうな。六日後に第9オアシスに帰ったとき、わたしとパパの間に生じたズレが取り返しのつかない歪みを生んでいたら、やっぱり嫌だな。

でも、首都へ行かない、という選択肢はなかった。

日が暮れてきた。窓の外が赤みがかる。

夜になった。

大きな橋を渡る手前で、車両が緩やかに停まった。車内アナウンスが入る。安全確認のため、停車するそうだ。

個室の座席でバックパックを開けて、改めて荷物を整理する。着替え、歯ブラシ、タオル、タブレット、ほか、外出時の必須アイテム諸々。お金はあるだけ下ろしたが、雀の涙だ。贅沢はできない。

弁当が配給された。食べ終わった頃に電車が動き出し、ゆっくり橋を渡っていく。風が強いので、徐行運転が続くらしい。なんだか落ち着かない。イヤフォンを着けて音楽をかけるけど、そわそわする。淡々とした音がほしくて、『魚図鑑』の読み上げを再生した。車窓のカーテンを閉めてベッドに横になっているうちに、睡魔が来た。夏眠して、沙の下で乾期を凌ぐ魚、と読み上げた音声が、遠ざかっていく。

身体が揺れて、目が醒めた。個室の明かりが点いたままだった。列車は快調に走っていた。電気を消してカーテンを開けると、車窓に切り取られた真っ白な大地が、月明りに照らされて、青白く輝いていた。どこまでも続く静止したうねりの間を、わたしは緩やかに進んでいく。

夜明け。朝食をとっていると、車内に機械音声のアナウンスが流れた。

「本列車は、第3オアシスで停車いたします」

この先の線路が沙雪崩に巻き込まれ、即日復旧が見込めないそうだ。

「線路の復旧が済み次第、運行を再開いたします。また復旧が見込めない場合、本列車は第3オアシスで引き返します。引き返す場合チケット代は全額返金いたしますので、ご安心くださ い。このたびは、誠に――」

第3オアシスに着いたのは、朝方だった。乗客は車掌の案内で、待機用のホテルへぞろぞろと向かう。最近多いね、とか、今年は降沙量が多いからなぁ、とか、会社に連絡しないと、とか、大人たちの会話が聞こえる。それなら仕方ないね、とおおらかで、慣れた様子だ。第3オアシスなら、あとちょっとで首都なのに。

入隊試験は明後日。もし列車が引き返すなら、ここから首都までは、どうやって行こう。オフロード車のタクシーは費用が嵩んでしまう。バギーバスを当たってみようか。

待機がてら、着替えを洗濯機にかけた。風は次第に強まっていく。ホテルの電話コーナーには長蛇の列ができていた。わたしも小一時間並んで、音楽隊の事務局に電話をかけてみる。混んでいてつながらない。

ホテルのフロントに置かれていたマップを頼りに、地下道を渡りついで、バスターミナルに向かった。

ターミナルは見るからに頑丈なコンクリート製で、構造も沙に強い造りをしていた。首都までの乗り継ぎ便を探すと、どれも欠便か、予約でいっぱいだった。予想はついていたけど、肩を落とす。お腹が鳴った。

エントランスホールやカフェレストランでは、わたしと似たような旅行客が休息を取っていた。上階にはホテルが併設されているので、そちらへ移動する客も多い。この時期の便にはトラブルがつきもので、みんな非常事態を楽しんでいる様子だ。

奥には休憩所があって、小ぶりの機械が稼働していた。そこに群がった人たちが、思い思いのものをダウンロードしたり、出力したりしている。

ベンチに腰かけて、予定を立てる。明日のうちに電車が動き出せば、問題は解決する。動き出さなければ、早々に移動しないと。ここから首都までは約百キロ。電車ならすぐに着く。オフロード車ならその倍かかる。バギーバスは望みが薄い……。

何か、良い方法はないかな。周囲をきょろきょろしていると、ラックの古い本が目についた。表紙はイラストで、旅人が大きなリュックを背負って、沙丘を歩いている。タイトルは、『沙丘歩きのススメ』。沙丘歩き。徒歩。

徒歩……。

立ち上がって、本を手に取った。開くと、想像以上に文字が多くてくらくらする。

スノワさんも、徒歩で旅をしたことがあると言っていた。不可能ではないのか。

パパが頭のなかに現れて、絶対にやめるよう言い宥めてくる。エーナはおろおろするだろう。でも最終的には、頑張って、と言ってくれる、と思う。

「あのね、これから、ばぁばのとこいくの」

いつの間にか、小さな子供がわたしの傍に立っていた。三、四歳くらいに見えた。

「そうなんだ」わたしは応える。近くに親はいない。

「さっきまで、バスにのってたんだよ」

「遠くから来たの？」

トイレから出てきた男性が、乳児を抱きかかえて、こちらへ駆けてくる。

「すみません、うちの子が」

「いえ」

男性は子供を連れて、近くのソファへ座った。旅行客とは異なる、疲れ切った表情をしていた。見渡せば、そういう顔がちらほらいる。

たとえばここでわたしがギターを弾いたら、素敵な曲をありがとう、癒されたよ、なんて言われるだろうか。誰かを元気づけることができるだろうか。

ギターはいま、持っていない。

本をラックに戻して、機械で『沙丘歩きのススメ』と検索をかけた。一件ヒットした。ダウンロードする。

ホテルに戻り、夜になって、アナウンスがあった。首都へ向かうか、引き返すか、明日の十時に判断するとのことだ。それまで待つしかない。

食事を済ませて、シングルベッドに寝転がる。柔らかいマットレスが、わたしの形に凹んでいる。風に押された窓ガラスが、ガタガタと小刻みに音を立てる。廊下を歩く誰かの話し声が、かすかに聞こえる。

タブレットの読み上げ機能で、『沙丘歩きのススメ』を流す。ついでに地図で調べる。いま居る場所が第3オアシス。首都まで百キロ。

沙丘を百キロ。昼夜をおかず歩き続ければ、だいたい二十五時間前後で踏破できる距離。明日、明後日の予報は晴れ。たとえば、明日の十時過ぎにこの街を発つ。サンダルと、レーションと、水と、迷子が怖いからGPS受信機を買って、ルートをしっかりとって、一昼夜歩けば、試験日の昼前には首都に着く。途中で第2オアシスに立ち寄って、バスや電車が出ていれば、そっちを使えばいい。

もし電車が引き返すなら、歩こう。

音楽隊の事務局に再度電話をかけると、次はつながった。試験は予定通り実施するそうだ。電車の運行状況を説明して、念の為、試験時間を明後日のいちばん遅い時間、十九時に回してもらう。

無茶なことを考えるなあ、って、わたしの背後でわたしが言う。確かに無謀だ。でも、諦めたくない。

一晩ぐっすり眠って、朝ごはんをしっかり食べて、十時を待った。

電車は引き返すことになった。昨日の風の影響で、除沙作業が進んでいないらしい。わたしはチケット代の返金手続きを済ませて、ホテルを出た。空は淡い春の晴れだった。風はない。地下鉄に乗るとぎゅうぎゅう押された。それも沙堤防の無人駅に着く頃には、わたしひとりになっていた。下車して門をくぐり、新品のサンダルに履き替え、防風林を通過して、沙の斜面に足を突き刺しながら這い上がる。

白い大地に出ると、重なり合う巨大な沙丘列が、ずっと先まで続いていた。その高低差は、高いところで百メートル。でも峰伝いに大きな窪地を迂回しながら進めば、無駄に上り下りせずに済む。それくらいなら、街から別荘に行くまでの間で学んでいる。

爽やかな軟風が、沙の表面とわたしの肌を撫でていく。

小型のGPS受信機を取り出すと、狭い画面に赤いポイントが点滅している。現在地、問題なし。

沙の上を這ってでも、音楽を守ろうとした人がいた。沙の下から音楽を取り戻そうとする人がいる。幸いなことに、わたしの脚は動く。わたしにはやりたいことがある。わたしのなかには水があって、わたしのなかには魚が泳いでいる。わたしは音楽を愛している。そんな自分を愛している。わたしはわたしを納得させるための努力をする。

沙地を踏みしめて、歩き出す。

9

昼過ぎ、道のりの目論見《もくろみ》は簡単に瓦解した。西から沙嵐が到来したのだ。視程は一気に悪くなり、窪地に身を潜めるしかなく、なかなか進めなかった。

たっぷり吹き荒れた沙嵐は、三時間後にぴたりと止んだ。空はからりと晴れた。一面を照らす暖かな陽射しに、熱を失った身体が喜んだ。しかし春風はまだ冷やっこい。寒さをごまかしながら進んだ。

途中、口を何度もゆすいだ。防塵マスクをしていても、沙粒は防ぎきれなかった。おまけに髪の間にも入り込んできて、頭皮が気持ち悪い。払っても払っても肌にくっつく。いたちごっこだ。

夕方になっても、首都はおろか、第2オアシスの沙堤防すら見えず、疲れもピークに達した。災害学習を思い出し、これ以上歩くのは危険だと判断して、早々に野宿の場所を探した。元より順風満帆に行くとは思っていない。

「明日歩くぞ」

独り言を垂れても、困る人はいない。

日が暮れる前に窪地に下りて、風を凌ぎつつ、栄養補助食品を食べる。火種になるものはないし、ライターもない。でも防水コートがある。野生動物とか出るのだろうか。わからない。ギターの練習は、沙のせいで不備が出たら困るからやめておいた。

日が暮れたあとで昇ってきた満月が、沙の地面を青白く照らした。辺りは月光を反射して、昼間のような明るさになる。コートに身を包んで寝転がった。

眩しさで目が醒めた。朝になっていた。身体中が沙まみれで、口のなかがじゃりじゃりした。コートもざらついていたので、払って、水で口をゆすぐ。頭を掻くと、相変わらずザリザリした。髪を適当に束ねる。

空は晴れ渡っていた。GPS受信機のスイッチを入れると、現在地は総距離のおよそ二分の一。第2オアシスはすぐそこだ。だいじょうぶ。第2オアシスから電車で移動すれば、二時間もかからない。どうにかなる。今日の十九時までに、会場に着いていたらいいのだ。

食事を取って歩き出すと、脚にじんわりとした痛み。筋肉痛だ。上腕と臀部《でんぶ》も地味に痛い。

沙の斜面を這い上がったり滑り降りたりしたからだ。沙の上を歩くと、普段使わない筋肉を使う。

羽毛布団みたいな陽射しが、じわりじわりと肌を焼く。汗が滲む。長袖を捲《まく》ると肌寒い。程よく楽しかった。

じきに沙堤防が見えてきた。第2オアシスだ。昼前に着けた。

第2オアシス発の電車は運休していた。沙のせいだった。最近は三日に一度停まっている、と受付で言われ、わたしはさすがに焦る。

「首都にはどうやって行けばいいですか?」

「バスとタクシーは予約が埋まっているので、オフロード車一択ですね。徒歩で行かれる方もいらっしゃいますが……。レンタカーショップをご案内しましょうか?」

免許を持っていない。歩くしかない。今日の夜までに首都に行きたいんです、と言ったが、これ以上はお答えいたしかねます、と申し訳なさそうに返された。お礼を告げて案内所を出る。

想定より遅れている。行くしかない。さくっとごはんを食べて、銭湯でカラスの行水をして、見目をできる限り整えて、街を出た。首都までの距離は三十キロ弱。相変わらず天候はいい。マスクも要らないくらい。邪魔なのは沙だけだ。

適宜GPS受信機で方向を確認しながら、歩き続ける。時計を見ている暇もない。あれを持ってくればよかったとか、あれを買っておけばよかったと、ぐるぐる考える。

途中から迂回をやめて、最短距離を取ることにした。斜面を滑り降りて、窪地の最下部に到達する。崩れる足場をどうにか捕まえて、這い上がる。ずぶずぶ沈む足を抜いて、巨大な波が停止したような沙山を、気合で上って、下って、どんどん乗り越える。体力消費は激しいけれど、こっちのほうが時間を短縮できるはずだ。たぶん。きっと。

隔てる物が何もないから、全部がとても近くに見える。沙山の頂上だって、見上げたときは「行けそう」と思う。でもいざ登ってみると、足場は不安定だし、前傾姿勢にならなきゃいけないし、腿を上げなきゃいけなくて、登りきってみると高く感じるけれど、案外感慨はなくて、次の山々が見えるから、これからあれも登って越えなくちゃいけないんだなって思うわけで、まったく、あと峰をいくつ越えたら、目的地が姿を現すのだろうか。もし道が平坦で、アスファルトでできていたら、もっと楽なのに。

進んでいるようで、進んでいないようで、厳しい沙に囲まれて、先が見えたり見えなかったりして、歩きづらい。最終的には孤独。まるで人生みたい。

「陳腐なたとえだなぁ」

綿雲の流れる薄青い空は、どこまでも穏やかだった。垂れてきた髪を後頭部で束ね直して、課題曲をハミングする。

風が出てきた。足首にぱらぱらと小粒の沙がぶつかっていく。次の山を見上げると、表面を走る沙粒のせいで、沙丘の縁が空に滲んでいた。

沙は風に身を任せ、風の流れるままに運ばれていく。わたしは行きたい場所があって、風に逆らって歩いて行ける。好きなところに自分の意思で行けるのは、とても素敵なことだ。

進め。

山を登り切って、頬についた沙を払って、振り返る。ずっと向こうから続いているはずのわたしの足跡は、風にさらされ、消えていた。斜面を下った形跡も、沙を摑んで登ってきた形跡も、白に呑み込まれて見えづらい。

進め、進め。

じわりと陽が傾いてきた。影が伸びる。赤くなり始めた地面を踏み、GPS受信機を点ける。もうちょっと。だいじょうぶ。間に合う、間に合う。

ぐんぐん日が暮れていく。日の入りは十八時くらい。風が冷たい。捲っていた袖を戻す。時間が惜しい。もしかして、峰を迂回したほうが時間の節約になったんじゃないか、とか、いまになって思い始める。これから迂回しようかな。いや、このまま行こう。ひたすら進め。止まるな。進め。間に合う。間に合わせる。オレンジの太陽が沙丘の縁に消えて、周囲が急速に暗くなっていく。まだ行ける。まだ。膝が笑っている。足の裏が痺れている。腿が重くて上がらない。まだ。

あたりはとっぷりと暮れた。

僅かに欠けた月が昇ってきた。

現在地を確かめている余裕はない。沙を摑んで、搔いて、進む。

さっきからずっと、頭のなかで課題曲が鳴っている。指先がつられて動く。次の山を上り始める。

空に散らばった星々と、シーツの表面みたいに波打つ、青白い世界。

苦しい。肩で呼吸する。バックパックとギターケースが、重い。大切な重み。

早くギターを弾きたい。いますぐ歌いたい。

斜面を上り切って、沙の背の、上に立つ。

目の前には、次の山が、広がっている。

時計を見る。

十九時二分。

力が抜けて、しゃがみ込んだ。喉が酷く、渇いていた。両肩から腰からふくらはぎが鉛のようで、このまま沈んでいきそうだった。


これ以上、歩けない。窪地で風を除けながら、野宿するしかなかった。

防水コートから顔を出して、夜空を見上げる。月が輝いている。沙丘は月光の照り返しで青白く染まり、風もなく、彼方まで静寂に包まれている。乾いた沙ばかりの、味気ない世界。沙の上では、誰も助けてくれない。膝を抱えてコートのなかに戻る。

自分がどれだけ危ないことをしたのか、わかっているのか。パパの声がこだまする。どれだけ心配したか……！　叱られないで済む方法は、いくらでもあった。丸く治める方法もあった。わたしがもうちょっと、うまくやれたらよかった。でもそうしなかった。

コートを頭から被ったまま、パタリと寝ころんで、ぎゅっと丸まった。瞼が重い。

薄目を開ける。身体の節々が痛い。いつの間にか、寝ていたらしい。目を擦って起き上がり、コートの外に顔を出して、息を呑む。

東の空が、滲むように明るみ出していた。

石英の沙地は、夜の黒、夜明けの青と赤を吸い込みながら、徐々に自らの白さを思い出している。波打つ風紋がその表面に曲線の薄い影をつけて、遥か先まで模様を描いている。沙と空以外は、何もない。朝を待つ世界の美しさ。

言葉にできない。

音楽がほしい。

コートを羽織り、残りの飲料水を飲み干して、かじかむ指先でギターケースを開けた。ギターは死んだように冷たくなっていた。取り出して、その場に胡坐をかいて、腿にボディを載せ、朝陽の兆しを頼りに、勘でチューニングする。ペグを回す指先は、寒さのせいで少し痛い。鼻の奥もつんとする。いつもの練習を始めると、肘から先が温まっていく。魚はまだ、わたしの身体に泳いでいる。何よりも美しいと、わたしが思うもの。沙の下では死んでしまうから、人の身体に生きる魚たち。

世界が真っ白な沙に埋まって、池が消えて、魚が死んで、形あるものが奪われても、人間が息をしていたら、そこには音楽が残っているはずだ。何か一曲は、何かの音楽は、きっと。わたしの作った魚が、失われていたとしても。

たどり着きたかったな。自分の足で歩いていけること、やりたいと思ったことをやり通せることを、わたしがわたしに証明したかった。ひとりで挑戦して、ひとりで失敗して、空回ってしまった。時期尚早だったってことかな。悔しいな。

失われた、小さな池のことを思い出す。そこで泳ぐ小魚たちを思い出す。

鼻をすする。

パスンッ
強烈な音だった。びっくりして、ボディを見た。

三弦がなかった。

あ、と声が漏れた。

ああ。

じわりと視界が滲んで、ぽろりと涙が零れた。

切れた弦があった場所をなぞる。涙がぽろぽろと落ちて、ギターのボディを伝って流れていく。

朝陽が冷えた空気に差して、沙丘を照らした。影が右へと伸びた。わたしはギターのボディを置いた。涙を拭いて立ち上がって、冷えた斜面を一歩ずつ這い上がった。

沙の背の上に立って、朝陽を向いた。

白色の光だった。眩しい、はじまりの光だ。

人の身体は、水を湛えた器だ。オアシスみたいにこんこんと湧き出て、身体を、喉を、内側から満たしている。美しい魚はそこに生きる。いまも生きている。

最後に残る音楽が、わたしの作った魚であってほしい。

息を吸い込んだ。

残れ、魚。

歌った。わたしが作っている曲を。わたしがわたしに泳がせた魚を。

音は保存が利かない。乾いた世界に溶けて消える。人前で歌えないわたしの歌が、わたしから誰かへ、直接届くことはない。でも、わたしは歌える。ここにいる。ここまで歩いてきた。

音楽はここにある。魚は生きている。

わたしは何のために歌い、魚を作っているのか。人前で歌えないのに、誰かに魚を泳がせたくて、音楽が好きで、最後まで魚を残したくて。

別荘の一階、沙の下には、音楽が眠っていた。先人たちの作った魚が。先人たちの、生きた証が。

そうか。

音楽は、存在証明だ。

わたしは、「ここに生きていました」と叫ぶために、音楽をしよう。そうして、ぼんやり期待しよう。わたしの生きた証が、いつか誰かの身体のなかで泳ぐことを。この音楽が、沙にまみれた世界でも、生き続けることを。

遠い未来へ投げる存在証明が、わたしが音楽をする理由。

音楽が魚だと言うのなら、この魚が、沙の下でも死ななければいい。いつかの発見を待つ存在になれば。

夏眠して、沙の下で乾期を凌ぐ魚。そんな魚の名前を、わたしはひとつだけ知っている。

肺魚《はいぎょ》。

あの魚図鑑に載っていた、肺を持つ魚。古代魚の一種。乾期と雨期がある熱帯地方に生息して、水が干上がると、繭に閉じこもり、土のなかで眠りに就く。つまり、沙の下で眠る魚。

完成した。

この曲の題名は、『肺魚』だ。

10

「元気そうだね」

オフロード車に凭れていたスノワさんが、くしゃりと笑った。「ふっきれた？」

「わかりますか？」

「歩き方でわかるもんだよ。日焼けしたね」

わたしは返答の代わりに、肩をすくめた。

別荘は、いつも通りひっそりとしていた。新学期がそろそろ始まる。就職先が未定のまま、わたしは最終学年を迎える。周囲との足並みは、ずれたままだ。でも、いい知らせもあった。

「入隊試験は、どうだった？」

「合否の発表、来週なんです」

「あれ、例年より遅いね？」

あの後、陽が昇ってから、切れた弦を替えて、重い身体を引きずって、首都にたどり着いた。昼前だった。だめもとで会場に行くと、なぜか撤収されているはずの受付があって、スタッフがいて、会場入り口の看板には、『音楽隊受験会場』と印字されていた。スタッフに声をかけると、曰く、「三日前から続く公共交通機関のダイヤの乱れを考慮して、試験日を延長しています」とのことだった。受験生であることを伝えると、整理券を渡されて、試験会場に案内された。すぐに名前を呼ばれ、会場に入った。ギターを演奏して、面接を受けた。拍子抜けした。緊張する暇もなかった。

寝台列車で家に帰ると、目の下に隈をこさえたパパに出迎えられた。パパはまずは安堵し、ソファに座るようわたしに促して、滔々《とうとう》と意見を述べ、説教の途中で泣き出した。無事でよかった、おかえり、としきりに言われた。警察やレスキュー隊に捜索願を出しているだろうと覚悟していたわたしは、予想が外れ、パパが存外、わたしを信じて待ってくれていたのだと気づいた。その瞬間に口をついて出たのは、本当はあの映像が嫌いなこと、わたしの前で再生しないでほしいことだった。

わたしの突然の告白に、パパは虚を突かれてから、再び涙を零して、丁寧に謝ってくれた。そうして、わたしの前では見ないこと、話題に出さないことを約束してくれた。それでいいと思った。あの映像を見るパパが、嫌いなわけじゃないから。

エーナには一部始終を話した。絶句された。そのあとで、本当に無事でよかった、と鼻声で手を握られた。二度とそんなことしないで、とも言われた。

「徒歩で来てた人、わたし以外にも数人いたそうです」

車のトランクを開けたスノワさんは、はたと手を止めた。「そうか、歩いたか。だいじょうぶだった？」

「どうにかなりました。思ったよりも」

「そうそう。案外なんとかなることも、往々にしてある。理由らしい理由がなくても、計画が崩れても」

ほら、と言われてトランクを覗き込むと、正方形のケースが積んであった。透明なプラスチックカバーの下に、円盤状の黒い台が透けて見える。その円盤の右隣に、コンパスのような長い棒がある。レコードプレーヤーだ。

「こっちを後にする？」

「はい」

「よし。では」

スノワさんはトランクに身を乗り出して、奥から似たような装置を取り出した。形はそっくりだけど、レコードプレーヤーより分厚く、二回りほど小さい。

「ポータブル電源につないでるから、このコードが外れないように気をつけて。使い方は、こ

郵便はがき

料金受取人払郵便

小石川局承認

1141

差出有効期間
2025年12月
31日まで

112-8731

〈受取人〉
東京都文京区
音羽二―一二―二一
講談社
文芸第二出版部 行

書名をお書きください。

この本の感想、著者へのメッセージをご自由にご記入ください。

おすまいの都道府県

性別 男 女

年齢 10代 20代 30代 40代 50代 60代 70代 80代~

頂戴したご意見・ご感想を、小社ホームページ・新聞宣伝・書籍帯・販促物などに使用させていただいてもよろしいでしょうか。 はい（承諾します） いいえ（承諾しません）

TY 000044-2311

ご購読ありがとうございます。
今後の出版企画の参考にさせていただくため、
アンケートへのご協力のほど、よろしくお願いいたします。

■ Q1 この本をどこでお知りになりましたか。

1 書店で本をみて
2 新聞、雑誌、フリーペーパー 〔誌名・紙名　　　　〕
3 テレビ、ラジオ 〔番組名　　　　〕
4 ネット書店 〔書店名　　　　〕
5 Webサイト 〔サイト名　　　　〕
6 携帯サイト 〔サイト名　　　　〕
7 メールマガジン　8 人にすすめられて　9 講談社のサイト
10 その他 〔　　　　〕

■ Q2 購入された動機を教えてください。〔複数可〕

1 著者が好き　2 気になるタイトル　3 装丁が好き
4 気になるテーマ　5 読んで面白そうだった　6 話題になっていた
7 好きなジャンルだから
8 その他 〔　　　　〕

■ Q3 好きな作家を教えてください。〔複数可〕

〔　　　　〕

■ Q4 今後どんなテーマの小説を読んでみたいですか。

〔　　　　〕

住所

氏名　　　　電話番号

ご記入いただいた個人情報は、この企画の目的以外には使用いたしません。

れを」

　ファイルを渡された。取扱説明書だった。紙の劣化を防ぐためだろう、一枚一枚ばらしたうえで、ラミネートしてからファイリングしてあった。

「博物館から借りてるものだから、慎重に。それと、これがブランク盤」

　ケースに入った小さくて黒い円盤が五枚、差し出される。

「ムゥムゥの置き土産で、あたしに使い道はないから、気兼ねなくどうぞ。で、これがマイク。これはあたしのやつ」

「ありがとうございます」

「あたしは適当に買い出しに行ってくるね。歩いて行くから、ごゆっくり」

　じゃ、と軽く手を振って、彼女は小径の先に見えなくなった。

　わたしは池畔だった場所に腰を下ろし、説明書を読みながら、ブランク盤を一枚取り出して、ターンテーブルに載せた。マイクを調整して、信号が入っていることを、ランプの点滅で確認した。ヘッドを弄って、つまみを回して、ちょうどいい具合を探した。

　ギターをチューニングしてから、あー、うー、おーと声を出して、しばらく喉をほぐす。

　周囲を見回して、ギターを構える。

　風はなかった。沙は一粒も舞っていなかった。世界に音はなかった。

　息を吸って、吐く。目を閉じて、あの沙丘の旅を思い出す。

　地平線の彼方まで続く、沙の世界。朝は風が吹《ふ》き荒《すさ》び、昼は太陽に煌々《こうこう》と照らされ、夜は寒さに凍える。朝陽に染まる沙肌は綺麗だ。延々と続く畝を見渡すと、呆れと同時に期待を抱く。無数の星が降り注ぐ暗闇は、誰とも分かち合いたくない。あの厳しくて美しい光景は、ひとりで受け取ったから、わたしひとりのものになった。

息苦しくて、乾いていて、沙にまみれているけれど、ここには音楽がある。身体のなかには魚が泳いでいる。だからわたしは歩き続ける。生きていた証を、叫びながら。

完成したのは、そういう曲。

ゆっくりと、目を開いた。

カッティングヘッドを下ろして、スイッチを押した。

ターンテーブルが、回り出す。

息を吸い、マイクに向かう。


スノワさんが帰ってきたのは、昼を回った頃だった。彼女は両手に紙袋を提げていた。中身は大量のジャンクフードだった。

わたしは、余った二枚のブランク盤を彼女に返した。いいの？　と問われて、はい、と答えた。そして溝が刻まれた一枚を、彼女に渡した。

「わたしがいないところであれば、聴いてもらっても、たぶん、だいじょうぶです」

「ありがとう。大切にする」

もう一枚は自分用だ。すでにリュックに入れてある。あとでエーナとパパと担任に聴いてもらう。もちろん、わたしのいないところで。最後の一枚は、これからガラスケースに入れて、その上からナイロンテープで厳重に隙間を塞いで、密閉するつもり。

ふたりでお昼ごはんを食べた。わたしは、持参していたサンドイッチと温かい紅茶を振る舞った。いつかのお返しのつもりだった。おいしくできていたのかどうかはわからない。おいしい、と言ってくれたから、それで良しとする。

スノワさんは終始楽しそうだった。ジャンクフードを買いに行った折、公民館の人にばったり会ったそうだ。

「第9オアシスは、いいところだね」

他の街を知らないわたしには、その違いがわからない。でもきっと、いいところなんだと思う。南に沙堤防があって、北に山があって、その麓にオアシスがある。そして沙の大地に囲われている。決して大きくない、でも小さくもない、特徴のない街。どこにでもあるような、普通の街。わたしの生まれ育った場所。

「じゃあ、始めようか」

食事を終えてから、スノワさんは車のトランクを開けた。プラスチックケースから、クリーニングの済んだレコード盤を一枚抜き取る。

「何から聴きたい？」

「いいんですか？」

「どうぞ」

「ではジャズで」

「なら、これとか」

レコード盤がターンテーブルに置かれ、回転を始める。トーンアームが持ち上げられて、針が下りた。スイングが流れ出す。

「いいですね」

「でしょ」

生のコンサートみたいな迫力はない。タブレットに入った音源データみたいな手軽さもない。これにはこれの良さがある。

最初の曲がフェードアウトしたとき、スノワさんが柔らかな雨のように尋ねた。

「三枚目は、誰にあげるの?」

わたしはひっそりと佇む古木みたいに答えた。「曲の題名、『肺魚』っていうんです」

「ハイギョ」

「乾期になると自分の身体を膜でコーティングして、次の雨期までの間、沙の下で眠る魚」

わたしにとって、文字は気の合わない隣人で、いまの感情とか、言葉とか、音階とかを正確に著すことは、ムゥムゥさんのようにはできそうになかった。だから音そのものを選んだ。

この曲が、沙に襲われて埋まるのではなく、次の目醒めのために、沙の下で眠るのであれば。

「いつか、『肺魚』が起こされることを祈って」

誰かが、『肺魚』を泳がせてくれるはずだと期待して。

「それでも歩いていくんです、わたし、沙の世界を」

わたしの存在を証明することが、わたしが音楽をする理由だから。

次の曲が流れ出す。わたしたちは、黙って耳を傾ける。空気を震わせるだけの、形のない魚に。

世界は味気ない。酷く乾いている。

1

沙が好きだ。真っ白で、乾いていて、無慈悲で無遠慮。容赦なく街に降り注ぎ、俺たちを閉じ込める。沙嵐も好きだ。軽微な混乱に陥る世間が好きだ。正確には、その世間を眺めるのが。休日に外出制限がかかると、母さんは気象台に駆り出される。俺は家でひとり、荒れ狂う窓の外を眺める。薄暗いリビング。防塵ガラスを隔てた先の白。外界から切り離されたような居心地。終末の有様を考える。世界の終わりは沙が運んでくる。沙嵐が惑星を包み込んで、ホワイトアウトして、瞼を閉じるみたいに、全てが眠りに就く。俺は凡人だ。凡人の俺に、何かを変える力はない。だから安心して、終わり方を妄想する。

いや、実際、終わりは近いのかもしれない。

ざっと五十年前にも、街がひとつ滅んだ。その街は、第9オアシスと呼ばれていた。南に沙堤防があって、北に山があって、その麓にオアシスがあった。沙の大地に囲われていた。決して大きくない、でも小さくもない、特徴のない街だった。どこにでもあるような普通の街だ。五十年前、街の北にあったオアシスが干上がり、沙の猛威に脅かされた人々——俺たちの祖父母世代は、一大決心をした。移転だ。地形を見極め、第9オアシスから数キロ北に沙堤防を築き、地面を均《なら》して、アスファルトを敷いて、マンションを建て並べ、新しい街を作って引っ越した。それが俺の住む街だ。

街の移転は珍しい話じゃない。最近でも、集落が沙に埋もれたとか、呑まれたとか、オアシスの水が涸れたとか、よく聞く。

「ルウシュ」

一週間ぶりの登校日の放課後、テトノが教室に入ってきた。全体的に丸いシルエット。丸眼鏡に癖毛。両頰がシュークリームのように膨らんでいる。俺は片手でシッシッと払った。「帰れ」

「酷い！　十年来の幼馴染に対してその態度！」

「〝腐れ縁〟を辞書で引け」

通学鞄をまとめて教室を出ると、テトノがついてくる。「このあと時間あるだろ？」

「ねぇよ」

「ありがとう」

「ねぇって」

「一時間後にここ集合な」

肩を掴まれ、強引に振り向かされ、鼻先に紙切れを突き付けられた。受け取ると、うねうねとのたくった文字。中央区三の四の一六アートビレッジ地下二階『スタジオ・テアトル』。

「そゆことで」とテトノは廊下を去っていく。付き合いきれるか。紙切れを握り潰してポケットに仕舞ったところで、テトノが重量感のある駆け足で戻ってきた。「やっぱり一緒に行こうぜ。おまえ、逃げそうだし」

「行かねーよ」

「硬いこと言うなって」

「話を聞かないやつの話は聞かないことにしてるんだ」

「おまえの詩の話だぞ」

「は？」

「ほら」とテトノが歩き出す。

俺はその肉付きのいい背中に拳を沈めたい衝動を抑え、ついていく。「詩って、なんで、そんな昔のことを」

「だいじょうぶ。話はつけてある」

「会話って知ってるか？」

テトノは同い年だが、学年はひとつ下だ。俺は進級し、こいつはこの春に留年した。授業をサボり続けて、単位を取り損なったらしい。サークル活動にかまけていたせいだろう。将来への危機感もなく余裕をかますお調子者とは距離を置きたくなるものだが、俺の知らないところで昔の俺の話をされるのは、気分の良いものではない。

行先は紙切れの住所だ。学校から電車で移動、中央駅で下車して、徒歩十数分。地下街の途中で、「ここだ」とテトノが立ち止まった。壁に縦長の穴が開いていて、その先に質素な階段が下へと続いている。左右を洒落たカフェとカジュアルな服屋に挟まれているせいで、作業員通用口に見えなくもない。

コンクリート打ちっ放しの階段を下りていくと、ステンレス製のドアが現れた。ドアの横に『スタジオ・テアトル』のプレートが打ち込まれている。ドアを開けると狭いエントランスがあった。塗装の剝げた床と、汚れた壁。閑散としている。壁のボードを見るかぎり、今日の利用予約は『劇団みずうみ』だけだ。テトノが所属している演劇サークルが、そんな名前だったような。

エントランスから続く廊下に、ドアが三つ並んでいる。テトノはいちばん手前のドアを開けた。教室より一回り小さいスタジオには、ひとりの女性がいた。低いステージに腰かけて、手元のタブレットにペンを走らせていた。目が合った途端、彼女は顔を綻ばせて立ち上がる。長い黒髪がさらりと揺れた。

「ほらルウシュ、挨拶しろ。ミィさんだ」

何ひとつ状況がわからないので、俺は黙っていた。それでテトノの株が下がるなら願ったり叶ったりだ。

ミィと呼ばれた女性は苦笑した。「テトノくん、ちゃんと説明した?」

「なんにも」代わりに俺が答えた。「いつものことですよ、こいつが強引なのは」

「詩のことだって言っただろ?」

「主題じゃなくて説明を寄越せ」

「とりあえず」ミィさんは、部屋の隅に重なっていた丸椅子を出した。「自己紹介から」

ミィさんは、俺のひとつ上の学年、つまり最終学年で、『劇団みずうみ』の座長だった。『劇団みずうみ』はアマチュアの学生演劇サークル。所属人数は十一人。うち役者が六人。「知名度も人気もないよ。今年は新入部員もゼロ。メンバーの自己満足で上演してる」らしい。ちなみにテトノは大道具担当だった。

「わたしは今年の夏に引退予定で、いまはラスト上演用の脚本を書いてる」

「書いてるって、手作りですか？　機械で作るんじゃなくて？」

「大好きな脚本のオマージュをしたくて」

ミィさんのタブレットの画面には、台本のデータが表示されていた。赤ペンの書き込みが大量に入っている。

「で、」

ページが送られ、大きな空白が現れた。

「この作品で、詩の朗読パートをいくつか挟もうと思ってて、でも書ける人がいなくて」

「お断りします」俺はタブレットをミィさんに押し戻した。「俺に書けってことでしょ。無理ですよ」

「そこをなんとか」テトノがタブレットを俺に押し戻した。「この演劇は、ミィさんにとって重要なんだ」

「なおさら内部で完結させるべきだ。俺も、いまは詩なんて書いてないし」

「そうなの？」とミィさん。

「そうです。十年くらい前にやってた遊びですよ」

学校に入学したての頃、機械の使い方を学ぶ授業があった。そこで詩作をするよう指示された。子供にやさしく、時間を食わず、個性が出て、立体プリンタを使わない創作のモデルケースが、詩作だったのだろう。

機械——正式名称〝クリエイター〟——は、数十年前にはただのデータベースだったそうだが、いつの間にか、その名に恥じぬ仕組みと役割を持つようになった。タッチパネルに表示される質問に回答していくと、機械が回答者の趣味嗜好に合致する既存作品をデータベースから読み込んで、学習し、それらをもとに新しい作品を生成する。ボタンを押すだけで、世界にひとつだけの作品を誰でも作ることができるのだ。十年前の授業では、そうやって作った詩を先生に提出して、機械が正しく使えたか否かを判断された。

俺はそこそこ優秀だったようで、初めて作った詩を褒められた。それが嬉しかった。すぐに芸術家の疑似体験の虜《とりこ》になった。しかし、教室に設置された機械は一台のみ。休み時間には長蛇の列が形成され、やれ○○さんがずっと使ってるだの、△△さんが壊しただの、奪い合いやトラブルが常だった。

「それが面倒だったから、自分で書いてたんです。すぐ飽きたけど」

「とか言って、一年くらい続いてただろ。俺、憶えてるよ」テトノが右手を挙げて、左右にひらひらさせた。「〝きらきらふるすなは、どこからきたんだろう〟」

「やめろすぐに忘れろ」その右手を叩き落とした。「とにかく、俺は、脚本の執筆経験もないし、演劇にも詳しくない。詩作すら素人です。なんなら子供の頃に好きだった遊びをほじくり返されて、ちょっと腹が立っている」

「自信を持って！」とテトノ。

「うるさい」と俺。「そもそも脚本が書けるなら、詩作もできるでしょ」

「それが、わたしの詩は壊滅的で」ミィさんはタブレットの画面をタップして、別のタブを表示してから、俺に差し出した。「読んでもらえる？」

「読んでくれ、ルウシュ」

俺は帰りたかったが、読んで褒めればいいだけなので、腰を落ち着け、タブレットを受け取った。

読んだ。

額に手を当てた。

「ね、酷いでしょ」

「酷くは」

「顔に出てる。下手か上手かで言えば？」

「……下手」「だよね」「ですね」

言葉の選び方がわざとらしく、リズムも悪い。抽象的な表現を目指していることは伝わるが、モチーフが雑なので、何を言いたいのかわからない。当然ながら機械以下のクオリティだ。

「その、でも、他の団員に任せるとか」

「もちろん、最初は劇団内でどうにかしようと思ったんだ。でもどうしてもうまくいかなくて、この際、外部に頼もうって。そしたらテトノくんが、詩が書けるやつを知ってるって言うから」

いやあ、とテトノが頭を掻く。「俺、人とのつながりに恵まれる性質《たち》なんですよ」

「そして俺を腹立たせる才能がある」

「褒められちゃった」

「わたしとしても、詩作に興味のある人に頼むか、せめてアドバイザーになってもらいたい。引き受けてもらえないかな、ルウシュくん。多少の造詣はあるでしょう?」

「いや……まあ……でも……」

「ルウシュなら、もっと高クオリティの詩が作れるだろ?」テトノが畳みかけてきた。「小論文の成績もいいし、ノートも見やすいし」

「それ関係あるか?」

「十年前におまえが書いた詩を、俺は憶えていた。忘れっぽい俺が。つまり、俺はおまえの詩に感動したわけだ。そして詩作するおまえを尊敬していた。だから憶えていた。いまでも思ってるぞ。ルウシュはすごい。やればできる子。センスがいい。詩作くらいお手の物。よっ、天才!」

すうと腹の底が冷めていく。

「悪いけど、責任持てないし、時間も取れないから」

そうだ、わざわざスタジオまで連れ出して、閉鎖空間で説得するなんて、詐欺師まがいのテクニックで丸め込もうとする連中の言葉に惑わされてたまるか。じゃあ、と立ち上がると、

「待って待って上半期だけだから！」とテトノが服の裾を摑んできた。「お願い！」

「しつこい」

「なんで？　おまえ、就活もないじゃん。あ、お母さんが厳しいから？」

「違う。母さんは関係ないだろ。俺は、そもそも、脚本に参加する意思が、ないんだ。理由は親じゃない」

「じゃあ検討してくれよ！　な！」

「無理だ。広場でボタンを押してこい。手作りに固執しなくたって」

「変なこだわりだよね。わかってる」

俺ははっとする。しまった。言い過ぎた。

しかしミィさんは怒っていなかった。穏やかな表情だった。

「けど、既存の作品をオマージュする上で機械に頼らないのは、ひとつの誠意だと思うんだ。それに、手作りの演劇には力があるはずだって、わたしは信じてるから」

「そうだぞ、手作りには力があるんだ」なぜかテトノが胸を張っている。「ほんとだぞ」

形のないものを信じ、力を求めるなんて、俺には理解の及ばない思想だ。「真心とか手作り主義とか、俺は幻想だと思ってるから。ほんと、悪いけど」

「そうだよね。今日は、ごめん」

ミィさんは立ち上がって、頭を下げた。長い黒髪がさらりと流れた。

「わざわざ来てくれてありがとう。そのときは、観客として招待させてね」

俺は黙る。

はい、とだけ、言う。


帰宅すると、母さんが帰ってきていた。どこに行っていたのと訊かれ、「出かけてた」と答えた。それ以上は追及されなかった。

窓の外は凪いだ夜だった。食卓には、綺麗に盛りつけられた夕食が並んでいた。メインは煮込みハンバーグだった。ぱくりと食べると、デミグラスソースが口のなかに広がるが、何か物足りない。

サラダをサーブしながら、母さんが言った。

「レーダーの修理があるけど、見学に来る？　明後日の昼から、北側の沙堤防で」

俺は首肯する。

母さんは気象予報士だ。街の西側にある気象台に勤めている。気象予報士は、風向、風速、沙丘変動傾向の観測、雨期の開始時期の発表、降沙量の予測、観測装置の管理など、人々の暮らしと密接に関わる重要な役職だ。国家資格で、国家公務員で、福利厚生は手厚い分、業務内容はハード。有事の際は、沙堤防の作業員と併せて真っ先に駆り出される。

「それから」と母さんが続ける。「気象学の特別カリキュラムを受けませんか、って知り合いの教授に誘ってもらったんだけど、どうする？　秋に開設されるから、半年先の話だけど」

　俺は首肯する。

「先取りしておいて損はないからね」母さんは嬉しそうだ。「もちろん、ルウシュがやりたいなら、でいいんだから」

　俺は首肯する。

「その教授の下の娘さんがね、十五歳で気象予報士の試験に合格したんだって。すごいよね。上の子の愚痴ばかり聞いてたから、びっくりしちゃった」

　俺は首肯する。

　地に足の着かない生活を送るのは、よくないよね、と母さんの心の声がする。いつまでも遊んでばかりいないで、と——俺が想像のなかで、言わせている。

「そういえば、進路希望調査の締め切りは？」

「再来週。気象予報士で出すつもり」

「そう」母さんの声のトーンが、心なしか上がった。

　俺は、母さんが苦手だ。表情豊かで明るくて穏やかで、提案型の喋り方をするくせに、程よい距離を保ちながら俺に気を遣う。踏み込んでこない。そこが面倒くさい。でも不満はない。母さんの勧めるプログラムを受けて、気象学の選択授業を受講して、勉強して、来年の春に試験を受けて、資格を取ったら、気象台に就職できる。周囲のクラスメイトが進路に悩み、就活に勤しむなかで、資格勉強さえしておけばいいのは、ありがたいことだ。

風呂上がりに、廊下の電話が鳴った。テトノだった。

「協力してくれ。頼む」

こんなときだけ粘り強い。「無理だって言っただろ」

「俺たち、夏に首都に行くんだ。コンテストに参加する。そこで高評価が得られたら、ミィさんの将来につながるかもしれないんだ。俺も尽力したいんだよ」

つまりミィさんの進路は演劇業界で、次の上演はミィさんの就活やポートフォリオも兼ねている、と。しかし疑わしい。

「本心を言え。おまえが清らかな理由で人助けするもんか」

しばらく返答が滞った。やがて、演説するかのような作った声音が答えた。

「えー、ご存じの通り、俺は一回留年しています」

「そうだな」

「さすがに二回目の留年は、親父とばあちゃんの堪忍袋の緒が切れそうです。知恵袋ならいくら切れてもいいのに」

「自業自得だろ」

「すべての歯車が狂ったのは、去年の春。『劇団みずうみ』に入ってから」

「いますぐやめればいい」

「そんな殺生な。自分が夢中になったことに、意味や価値が欲しい。成果が欲しい。自分を救ってくれたものを信じたい。それが人間って生き物じゃないですか」

最高にくだらない。人間のほとんどは凡庸だ。一生何者にもなれない。凡人は凡人らしく弁《わきま》えておくべきだ。それにいまの時代、芸術は娯楽のひとつとして、あらゆる人に開かれている。機械に指示を出せば、誰でもボタンひとつで質の高い作品を作り出せる。低クオリティの手作り作品に価値を見出すなんて、先見の明がないにもほどがある。

「作った側の事情が金になる時代は終わったんだよ。行き渡った無料のエンタメに金を払うやつがいるもんか――って、数年前のおまえが言ってたぞ」

「ルウシュくん、人間って、変化するんだよ。一緒に青春しようよ。いつ気が変わってもいいからね。でも早いうちだと助かるな！」

「眠い。おやすみ」電話を切った。

溜息が出る。

ミィさんの言葉が、曖昧な輪郭を伴って、背中にへばりついている。

――手作りの演劇には力があるはずだって、わたしは信じてるから。

やりたいことをしている人。信念を掲げて、やりたいことのために歩き出している人。

目を瞑《つむ》る。

やるべきことを、優先すべきだ。やるべきことをやっているほうが、絶対に正しい。将来の役に立つ。失敗せずに済む。

心中に渦巻く感情の正体を、俺は知っている。自尊心と劣等感だ。俺は、夢中になれる何かが欲しいのだ。

2

沙は海からやってくる。でも本当は、沙は空から降ってくる。あれほど乾ききった粒が、豊富な水を湛える海から来るなんて、到底考えられない。そうだ。沙は空から来た。天からの恵みだ。世界にピリオドを打つための、消えない水なのだ。世界はもうすぐ終わる。神様が手を叩くみたいに、呆気なく。

「…………」

頭のなかの文章を、綺麗さっぱり削除した。

勢いよくスタジオのドアが開き、

「お、おお！」

開けたテトノが、くたびれ色褪せた通学鞄を落として、大袈裟に腕を広げた。「ルウシュ！」ズカズカ近寄ってくる。「来てくれるって信じてたぜ！」

俺は身の危険を察知して椅子から立ち上がる。「約束しておいて来ないわけないだろ」大股で後退る。「来るな。おまえ、いちいち芝居がかってて面倒なんだよ」

熱烈な抱擁を躱《かわ》したところで、トイレに行っていたミィさんが、半開きのドアから覗いた。

「感動の再会？」

虚空をハグしたテトノが、快活に答える。「二週間ぶりです！」

「おまえが真面目に登校してたら五日ぶりだったんだけど?」

「えっ、それって、登校日に俺を探してくれたってこと? 俺を心配して?」

「行間を深読みして論点を逸らすやつは嫌いだ」

では改めて、と椅子に座ったミィさんが、膝先を揃えて頭を下げた。

「詩作を引き受けてくれてありがとう」

向かいの椅子に座った俺も、つられて頭を下げる。「いえ」

「ルウシュ選手、どういった心境の変化ですか?」ずいっと伸びてきたテトノの手を叩き落とすと、振り子みたいに戻ってきた。「お母さまは、なんて?」

「許可はもらった」

嘘だ。報告していない。「勉強時間はだいじょうぶ?」「風が強い日も外出するの?」と遠回しに窘《たしな》められるのが目に見えているので、「テトノと出かけてくる」で押し通す予定だ。母さんは俺の社交性を心配しているから、テトノの名前を出せば、騙されてくれる。

先日、気象学のテキストを家で読みながら、テトノはいまごろ課題もしないで自由気ままにやりたいことをやっているんだろうな、と思ったら、むかむかしてきて、詩作くらいやってやっても俺の損にはならないだろう、と思った。とにかく、突然そういう気分になったのだ。

今日は休日だが、打ち合わせのために、わざわざスタジオまでやってきた。

「でも、俺は稽古には参加しません。詩を提供するだけだと思ってください」分を弁えるのは大切なことだ。「要望も出しません」

「時間を割いてくれるだけで嬉しいです。本当にありがとう」ミィさんは喜びを噛み締めている。

「さっそく始めましょう」俺が音頭を取った。「既存の脚本がベースでしたよね？」

「そう。これ」

ミィさんが差し出した脚本は、紙の本で、ぼろぼろだった。読み込んだ形跡があり、何より古いのだ。題名は掠れていて、ページを捲るのも気が引ける。何年前の書物だろう。

「これはどういう物語ですか？」

「『宇宙電車の旅』。ジョンとネル、というふたりの少年が、宇宙を走る電車で旅をする話。旅の最後でネルが死んでしまう。そこでジョンが目を醒ます。旅は夢だった。そうしたら、現実でもネルが死んでいる」

「友人の黄泉《よみ》への旅路に付き添う話だな。主人公が親しい人の死を受け入れる話でもある」テトノが補足した。

「わたしの脚本では、宇宙じゃなくて、沙上を走る電車にしたんだ。題名は、『沙上電車の旅』」ミィさんははにかんだ。「知ってる人には、オマージュだって伝わると思う」

「オマージュだぞ、パクリじゃないぞ」テトノが念を押した。「そこんとこ、大事だから」

「わかったよ。で、俺はどのシーンを詩にすれば？」

「ジョンとネルの乗る電車は、美麗な風景のなかを走る。ふたりは下車した先でいろいろな体験をして、いろいろな乗客と出会い、別れる。ジョンが寂しさを覚えたりする。そこを、詩で描写してほしい」

タブレットの脚本には、所々に空白が点在している。これを俺が埋める。真っ白な部分を、俺の詩が。

「全部手作りって言ってましたけど、セットはどうするんですか？　さすがに機械で？」

「いや、人の想像力に委ねてみようと思ってる。そういう演出方法があるんだ。これとか」

ミィさんはタブレットをタップして、画面を俺に見せた。写真と記事が載っていた。『劇団ネオ』という団体の活動記録らしい。写真は上演中を撮影したもので、舞台上には何もない。役者の服装も普段着だ。

「リアさんの演出。科白劇《せりふげき》の極致って感じがするから、好きなんだ」

「科白劇？」

「仕草と台詞だけの劇のこと。で、こんなふうに考えてる」

ミィさんは再びタブレットをタップして、俺に見せた。簡易的なイメージ図だった。ステージ上に丸椅子が二脚、向かい合わせに置かれている。

「これだけですか？」

「あとは、照明と音響、台詞と詩の朗読だけで表現する」

「難しそうですね」

テトノが俺を睨んだ。「ここまで聞いて下りるとか、ないよな？」

「あるわけないだろ」

「ルウシュくんは、詩を作ってくれるだけでいいから。『宇宙電車の旅』のト書きから情景を文字に起こしてくれてもいいし、沙丘の写真とかを参考にしてくれてもいいよ。お任せする」

これ、良かったら、とぼろぼろの脚本が差し出された。「あとで『沙上電車の旅』のデータも渡すね」

紙の書籍なんて、久々に触れた。借りるには忍びない代物だが、データのダウンロードを勧められなかった、ということは、この脚本は機械にインプットされていないのだろう。ならば仕方がない。データベースへのアクセスは面倒なので、俺としても助かる。

「テトノから、夏に首都に行くって聞きました。コンテストに参加するって」

途端に、ミィさんの目がひとまわり大きく輝いた。「そう！『劇団ネオ』の主要メンバーの前で上演するの。プロから講評が貰える企画なんだよ。ほんと、『劇団ネオ』ってすごくて、アートストリートに稽古場があってね、自分たちの稽古場やシアターを持ってるんだ。芸術が下火になって、儲《もう》からない仕事になっても、どんどん新しい価値観を生み出してる」

「出た出た」テトノが顔をくしゃりとさせた。「愛情たっぷりだなぁ」

アートストリートとは、首都にある、芸術家が集まる一画のことだ。たびたびワイドショーで取り上げられている。建物の外壁に施されたスプレーアートや、街路の奇抜な彫刻、俺には縁遠い、奇抜な趣味の世界。彫刻とか絵画とか漫画とか小説とか装飾品とかは、機械のボタンひとつで作れるもので、金銭的な価値はないに等しい。そのなかで、人が舞台に立つ演劇は、機械が代替不可な芸術の代表格だ。そこがうけているのか、いまだに首都で盛んらしい。

趣味の世界でプロとしてやっていくのは、茨《いばら》の道だろう。ミィさんは、本気で演劇を仕事にしたいと思っているのだろうか。芸術に傾倒して人生を棒に振るような愚者には見えないけれど、俺のような凡人にも見えない。熱を帯びた愛好家、といったところか。

スタジオのドアが開いた。団員がぞろぞろと入ってきて、俺たちに挨拶した。そろそろ稽古時間だ。

団員は、役者六人。うちひとり（ミィさん）が脚本家兼演出をするので、『沙上電車の旅』の演者は五人。裏方は照明三名と音響二名で臨む予定らしい。

俺は団員と簡単な会釈を交わして、スタジオを去った。外部の詩作担当が、練習の邪魔をしてはいけない。


「あの演出は、玄人《くろうと》がやるから際立つと思うんですよ」

テトノから電話が入ったのは、その日の晩だった。俺は母さんに呼ばれて勉強を中断して廊下に出て、受話器を耳に当て、テトノの開口一番に「は?」と返した。

「だからぁ、俺はね、『劇団ネオ』のセットを排除した演出は、玄人の演出だからこそと思ってるんだ。素人があれをやっても、ただの下位互換になっちゃうと思いませんかね?」

「ミィさんに言えよ」

「人の好きなものにいちゃもんつけても不和が生じるだけだろ。俺よりあの人のほうが演劇に詳しいし、俺はあの人の書く脚本が好きだから、水を差したくないの。それに、あの人にもいろいろあるんだぞ」

「知らねぇよ」

「『宇宙電車の旅』もさぁ、何回も舞台化されてて、パスティーシュもかなり作られてるんだよ。ありきたりだよ。話題性がないよ」

「『沙上電車の旅』にアレンジしてるだろ。しかも手作りで」

「オマージュなんてパクリと同じだ」

「おい」

「とにかく俺はね、おまえの詩に期待してるわけ。詩の朗読を挟むことで、オリジナリティが出るんじゃないかと。そこんとこ、頼みます。いやあほんと、おまえが詩作をしてたって、よく憶えてたよね、俺。グッジョブ。まあね、俺って、他人の弱味になりそうなものを憶えるの、得意だから」

受話器の向こうの鼻面をぶん殴ってやりたくなったが、堪えた。物理的に不可能だし、こいつのために俺が手を痛めるなんて、愚の骨頂だ。なんで俺はこいつと腐れ縁なんだ。俺もこいつも、友達を作るのが下手だからだ。悲しくなってきた。

「というのは冗談で」と、電話口で調子のいい声が跳ねる。「本音は、俺も人が作ったものの力を信じてる、ってところかな。ほんとにありがとう、ルウシュくん。詩作を引き受けてくれて。やっぱ手作りって最高だよな！　……あれ？　ルウシュ？　もしもし？」

「そろそろ風呂だから」電話を切った。

キッチンでお茶を飲んで一息。自室へ戻り、デスクに向かうが、勉強する気が削がれてしまった。ミィさんから預かったぼろぼろの脚本を開いて、頭から読んでみる。どうも馴染みのない言葉遣いだ。

最初のうちは読むのに苦労したが、次第に雰囲気が摑めてきた。幻想的で、童話っぽい。所々、感想や補足の書き込みがある。ミィさんの字だろう。だからダウンロードを勧められなかったのか。

舞台上で朗読される詩なら、同音異義語を避けるべきだ。元の脚本は擬音やオノマトペが特徴的な印象を受けたから、そこは残して、あとは韻を踏んで語調を揃えて、的確な比喩を使って、世界観を崩さないよう留意しつつ、音で聴くときの心地を整えていけばいい。たぶん。

『沙丘写真集』をダウンロードして、開き、ページを送る。うねる沙丘の山々が、太陽光や月光に照らされて、白さを増したり、赤く染まったり、青白い光沢を帯びたりしている。

経験不足でも、テトノの冗談に苛々《いらいら》しようとも、一度引き受けたのなら、最後までやり通すべきだ。

3

「最高だった」

向かいに座ったミィさんが言った。

俺たちは『スタジオ・テアトル』にいた。風のやや強い日だった。テーブルの上には、俺が持ち込んだ水筒と、ミィさんの購入したアイスコーヒー、それから俺の詩が表示されたタブレットがあった。

「すごくよかった。ほんとに。元の脚本の雰囲気に沿ってて、情景描写が入ってて、沙上の光景を喚起させる」

「どうも」

あれから一週間かけて試作し、物足りなくて、もう一週間かけて作り直して、ミィさんに連絡を取ったのが、昨日のこと。先月末に完成させるつもりだったのに、思った以上に時間がかかってしまった。俺が頭を悩ませている間に季節は進み、汗ばむ陽気になった。

「中盤は、沙の乾いた感じと、侘《わび》しさがよく出てる。オノマトペのせいかな?」

「ザ行、ガ行、サ行をメインで使うようにしたので、そういう効果が出てるかもですね。あとは、水とか、涙とか、ぬくもりとか、柔らかい言葉を極力削りました」

「なるほど。ここの比喩も、ざらついた紙とか、木枯らしとか、工夫してるんだね。こうやって書けばいいんだ。詩って奥が深いな」

「ですかね」と水を飲むが、喉が潤った気がしない。

不安だった。何度も機械に頼ることを考えた。拙さは百も承知だ。しかし、いざ出来を褒められると、手作りしてよかったと思う。不細工でも、不格好でも、時間をかけた分、愛着が湧くというものだ。なるほど、これが手作りの魔力。

「最初、天文学の用語をどう変換しようか悩んだの」ミィさんはまだ、タブレットの画面をスクロールしている。「こうすればよかったんだね。抽象的な部分を引き継いで、具体的な部分を変える。参考になるよ」

「いやいや、俺はミィさんのやり方に準じただけですよ」

作中では、天の川は水無川に改変されている。滅多に水が流れない、伏流水すら存在しない、涸れかけの、でもジョンとネルが乗車している間だけは流れを持つ、水無川。俺もそれに倣って、他の用語を似て非なるものに変換した。たとえば銀河は沙の渦に。サウザンクロスは沙丘に佇む建築物に。一方で、そのままでいいものはストレートに描写している。メリハリが大切なのだ。

電車は、沙地をひたすら進んでいく。小さなオアシスの村を離れ、街へ、より大きな街へ、向かっていく。しかしジョンは終着点にたどり着くことができない。彼は生きているから、死んでいるネルとともに行くことはできない。その取り残される寂しさも、最大限表現したつもりだ。

「演出で風の音とか沙を踏む音を入れようと思ってたんだけど、この詩があれば、削ってもいいかも」

「それは、さすがに、入れたほうが」

「ないほうが、観客の自由度が上がると思う。わたしもシンプルな作品が好きだし、音響と相談してみる価値はあるよ」

「ですかね」俺の視線は水筒。むず痒い。

「何はともあれ、まずは完成した台本を通しで読まないとね。これから稽古だけど、よかったら参加していかない？」

団員とは一度顔を合わせているが、コミュニケーションを取るのは、これが初めてだ。詩の出来が悪くて外されるかもしれなかったので、控えていたのだった。

スタジオに集合した団員たちは、俺の詩を各々で軽く読んで、口々に「いいですね」と言ってくれた。「座長と比べるのが烏滸《おこ》がましいくらい」「マジ雲泥の差」「見習ってくださいよ」。ミィさんが茶化されていたが、悪い気はしない。

「じゃ、本読みね。詩の作者もいるし、気になる部分はどんどん訊いていこう」

舞台稽古には、決まった流れがあるらしい。最初は本読みといって、台本の台詞を役者が声に出して読んでいく。このとき、身振り手振りはつけない。次に立ち稽古。舞台上をどう移動するのか、どこを向いて、誰に向かって話すのかなど、動きを作る。最後に通し稽古をして、本番に向かっていく。

五人の役者と俺とミィさんは、丸椅子を環状に置いて座った。テトノを含む裏方は、スタジオの隅で作業している。

教師役の男子が、声を野太くして台詞を読み上げた。クラスメイト役たちもト書きに沿って賑やかす。

「本当はわかっていたのに」と言ったジョン役は、小柄な女子だ。俺のひとつ年下。ネル役は背の高い男子で、同じくひとつ年下。ふたりともテトノと同学年。

二章のシーンの途中で、ジョンとネルの回想が差し挟まれる。主役以外は兼役なので、やや忙しない。

詩の朗読が本格的に入るのは、電波塔の駅でジョンが電車に乗り込んでからだ。詩的な台詞を徐々に増やし、違和感なく滑らかに、長めの詩へつなげる仕様だ。

「ぼくはいま、臆病な誰かがポケットにそっと隠した宝石の粒を、見ている。窓の奥に、手の届かないところに。ダイヤモンド。椅子が揺れている。ごとごと。ぼくはいま、電車に乗っている。前の席に、手の届くところに、きみがいる。ネル。ネルだね？」

「誰も追いつかなかったんだ。苦しい。悲しい。誰も迎えに来なかったんだ」

リズム感は及第点。意味は通じる。展開も冗長になっていない。問題なさそうだ。

んん、と、ジョン役が喉を鳴らした。「気になるんですけど」

「うん」ミィさんがタブレットから顔を上げる。

「ここ、『宇宙電車の旅』では、目の前に突然きらびやかな星の粒が出てきて、ジョンは目を擦りますよね。この詩だと、ジョンはそれほど驚いてないですよね。星の粒も宝石の粒に言い換えられてるだけだし、どういう演技に持っていけばいいですか？」

「描写、増やしたほうが」俺が言ったのと、ミィさんが「詩の前半だけ」と言ったのは同時だった。「お先にどうぞ、ルウシュくん」

「えーっと、描写を増やしたほうがいいですか？　もっとわかりやすい驚きの言葉を入れるとか、宝石の種類を増やすとか」

「それもありだけど、演技に関しては、詩の前半をゆっくり、抑揚をつけて読み上げるのがいいんじゃないかな。一文でも充分表現できると思うよ。このあとに沙丘の描写が入るでしょ。そこで沙の雨について触れるから、詩は崩さないほうがいい」

「なるほどです」ジョン役は頷き、「大袈裟にいきますね」と台詞を読み直した。最初の一文を、丁寧に、後半に向けて広がるように読み上げる。〝見ている〟や〝ダイヤモンド〟に感情を乗せるだけで、驚いているように聞こえるから不思議だ。

「こんな感じですか？」

「うん、良さげ」

そうか、演技の話か。「すみません、俺、見当違いなことを」

「本読みは、意見や提案が欲しい場だから、どんどん発言してね」ミィさんは優しい。

「あの、自分も」ネル役が手を挙げた。「詩は改行が多いけど、そこを意識して読んだほうが良いっすか？　流れるように読むと、小説っぽく聞こえると思うんですけど」

「どっちでもだいじょうぶです」俺が答える。自由詩にしているのは、リズム感や韻律を自分なりに整えるためだ。形式にこだわりはない。型に嵌《はま》るような真似はしたくなかった。「散文詩っぽくても、観客には通じると思うんで」

「散文詩。へえ、了解です。読む速度は、こっちで決めますね」

「よし、続き行こうか」

皆がタブレットに視線を落とした。

「ねえネル、その地図はどこで買ったの？　とても美しいね」

「そうなんだ、ジョン」

ネル役が広げる地図は、本番でも、エアーの予定だ。小道具は一切排除されている。

鳥捕りとの会話で、ジョン役が小さく手を挙げた。「この鳥の鳴き声はどうしますか？」

「そこは音響が鳴らす予定だから、耳を澄ます演技を入れて」

「りょーかいです」

一通り、本読みが終わった。

ふう、と皆が息を吐いて、

「詩のところ、憶えるの難しそう」

いじめっ子役兼青年役の男子が笑った。口角を厭味《いやみ》ったらしく上げる笑い方だった。「残り三ヵ月もないのに、いけますかねぇ」

「読みにくいとか、言い回しが気になるとか、あったら言ってください。直します」

「いやいやすみません、文句じゃないですよ。ただ、ガチっぽさがあるなーって。ついていけるかなーって」

ははは、と役者の輪が揺れる。

「そろそろ時間だから、終わりにしようか」

役者が椅子を片付ける。俺も手伝った。

荷物を片していると、ミィさんに話しかけられた。

「どうだった？」

「どうっていうか、みんなラフですね」

演劇がやりたくて集まっているのだから、真面目に稽古に臨み、建設的な意見が活発に飛び交うのだと思っていた。拍子抜けだ。

「肩の力が抜けすぎてますね。……いい意味で」

「これでも普段より気合入ってるよ。いじめっ子役の子なんて、メイクが得意だから当日は俺が全員分やる、って言ってくれてるし」

「へえ」態度によらないものだ。

「次の稽古も、来てくれると嬉しいな」

「まあ、はい」


数度目の稽古日。無風。梅雨時だが、今日は晴れていた。『劇団みずうみ』の稽古は週二回。悪天候による外出禁止令が出ていなければ、原則行われる。

昼下がりの『スタジオ・テアトル』には団員が揃っていて、すぐ本読みが開始される。

「おや、紫の電燈だね」

「おや、誰もいないね」

「おや、小さな広場だね」

「おや、広い道だね」

「ごらん、沙丘に続いているよ」

「ごらん、河原だよ」

「河原だ！」

「沙粒のなかに炎が燃えているよ」

「燃えている！」

「水が流れているよ」

「流れている！」

「水は透明みたい。波が燃えているみたい。きらきら光っているみたい！」

「ああ、水だ。ここには水があるんだね。離れたくないなぁ。水がないと、生きていけないもの」

「ああ、あそこでは何かを掘っているよ。沙の下に何かを探している」

椅子に座ってタブレットに視線を落とす俺は、もぞもぞと足を組みかえた。

演技について口出しする権利はない。ないが、ただの音読に聞こえる箇所が多くて恥ずかしい。それでも辛うじて演技の体裁を保てているのは、ミィさんの指導が的確だからだ。感情の説明が丁寧で、素人の俺にもわかりやすい。「ここは穴があったら入りたい感じで、声を尻すぼみにしよう」とか、「ここはワクワクかつ不安だから、最初は弾ませて、最後は少し震える感じで」とか、具体的だ。

シーンが終わり、役者の五人がケラケラ笑いながら現実に返ってきた。

「ありがとう。いい感じだね。一旦、休憩しようか」

ミィさんの一言で、皆が席を立ったり、水分を取ったり、喋り出したりする。

スタジオの隅で丸椅子を作っていたテトノが、のこぎりを置いてこちらにやってきた。テトノは今作では、大道具兼音響担当だ。

「ミィさん、劇のテーマソングですけど、ミィさんが持ってきた音源はこっちの機器では再生不可でした」

「そっか。博物館から借りるのに苦労したんだけどな」

「やっぱり機械に頼みましょう。こればかりは仕方ないですよ。歌は俺たちの管轄外ですし、ぴったりの曲、作ってくれますって」

「うーん……。もうちょっとだけ時間もらえる？　探してみるから」

「あ」タブレットを見ていたジョン役が、声を上げた。「すみません、このあと用事が入っちゃって、先に帰ってもいいですか？」

「いいよ」ミィさんがあっけらかんと答え、

「主役がいないんじゃ、掛け合いしてもね」とネル役が言うので、今日は解散となった。

ぞろぞろとスタジオを後にする。

「本番に間に合うのか？」

快晴の空の下、駅までの大通りを歩きながら、俺はテトノに尋ねる。「プロから講評を受けるなら、適当な仕上がりで臨むのはまずいだろ」

「サークルだからな。みんな、遊びの一環っていうスタンスなんだよ。厳しさが苦手な人もいるから」

「けど、もっと真摯に取り組んだほうが」

「なんだよ団員気取りか？　最初は我関せずだったくせに」

「だって、そりゃ、関わった以上は、しっかり成し遂げてほしいだろ。やるならやる。やらないならやらない。中途半端がいちばん嫌いなんだよ」

「うっわ窮屈な生き方。あのなルウシュ、人間はいつか必ず追い込まれる。納期やテストや環境に追い詰められる。そんなとき、貴殿の生き方は確実に御身を滅ぼしますぜ」

「誰なんだおまえは」

ふふ、と背後で笑われた気配がして振り返ると、ミィさんだった。

何とも言えない気まずさにテトノの肩を小突くと、「いたぁい！」と嘆かれた。「折れた！慰謝料！」

「はいはい」

「ちぇっ、まあいいや。じゃあ俺、妹におつかい頼まれてるから、ここで。一緒に帰れなくてごめんね」

「早く行け」

何がおもしろいのか、軽快な足取りで、しつこく手を振りながらいなくなった。

「愉快だよね、テトノくんって」

「うるさいだけですよ」

「時々、救われるよ」ミィさんは、テトノが消えた道の先を眺めている。「さっき話してたこと」

「さっき?」

「劇団のこと」

聞かれていたのか。俺は「ああ」と応える。動揺を悟られないように。「貶しているように聞こえたのなら、すみません。そんなつもりは」

「いいんだ。みんながふざけ半分なのは事実だから。うちのサークルが緩いのは、本当のことだし」

ミィさんはいつも穏やかだ。感情を上手くコントロールしているように見える。

「座長ってだけで、年長者ってだけで、みんながわたしの舞台作りに付き合ってくれる。自腹を切って首都についてきてくれるんだ。それだけでも、すごく、ありがたいよ」

「人望もあると思いますよ」

「そう見えるなら嬉しい」

首都へ行く手段は、特急列車だ。昔は寝台列車で一晩かけて行っていたらしいが、いまは始発に乗れば午前中には着く。しかし切符が高価なので、団員たちは身を切る思いだろう。俺も最初は「貯金が飛ぶ」と血の気が引いたし、母さんを説得するのは骨が折れた。最終的には、

「下半期は勉強を頑張りたいから、いまのうちに友達と遊んでおきたい」とでっちあげの動機を盾に納得してもらった。

一緒に歩きがてら、ふと気づく。ミィさんは普段、こっちの駅を使わない。

「これから用事ですか？」

「散歩。一緒に来る？　街の外だけど」

「外って、沙堤防の？」

「よく行くんだ」

生温い風が吹き、ミィさんの髪が揺れた。

同じ電車に乗り込んだ。

地下鉄はそのうち地上に出て、南の終着駅で停車した。コンクリートの塊みたいな駅だった。降り立った客は、俺とミィさんだけだった。ミィさんは特に喋らず、俺も何も喋らなかった。緊張が伝わっていなかったことを願う。

「こっち」

無人駅の改札を抜け、駅舎を出て、防風林へ向かう。沙が薄くかかった地面のタイルは、防風林の手前で白い沙の層になっていた。林の向こうには、十数メートルの沙堤防が聳え立っている。沙堤防には小さな門があって、扉は閉まっているが、鍵はかかっていない。沙の侵入を防ぐことが目的で、街の出入りは自由なのだ。

扉の先には、常夜灯に照らされた上り坂のトンネルがあった。幅は、ふたりが肩を並べて進めるほどだ。行きついた先の扉を開けると、こちら側にも翳《かげ》った防風林が広がっていた。

「こんなふうになってるんだ」

「外に出るの、初めて?」

「いえ。でも、徒歩で堤防を抜けたのは、初めてです」

留守番ができなかった年齢のとき、母さんの仕事についていって、街の外に出たことがある。そのときは気象台の公用車に乗って、車両専用の門を通った。

林の端には沙の壁が迫っていた。ミィさんは問答無用でその壁に足を突っ込み、少しずつ上り始めた。俺も後を追うが、足元が崩れてきて、なかなか難しい。

「斜めに歩くといいよ」

アドバイスを参考に、どうにか上り切った頃には、息も絶え絶えになっていた。

先に上り切っていたミィさんが、「ほら」と沙山の峰の上で背筋を伸ばす。俺もつられて顔を上げて、ほうと息を呑んだ。

夕焼けだった。

どこまでも続くオレンジ色の沙の大地と、その縁に触れそうな太陽と、細く棚引くオレンジの雲。赤く染まった西の空の延焼は天頂まで続き、緩やかに緑を帯びて、東の空で青くなっている。

「絵画みたいですね」

二十代の若者の間で、沙丘でのアウトドアが流行っている、と聞いたことがある。オフロード車や徒歩での旅、キャンプ、天体観測、果ては沙上スポーツやマラソンまで。どうしてわざわざ不便で危険な場所へ行くのだろうと疑問だったが、なるほど、この景色が見られるなら、流行ってもおかしくない。

ミィさんは沙の上に腰を下ろした。俺はその隣に、一人分空けて座る。背負っていたリュックを下ろし、股の間に置く。

「あのあたりに、街があったんだよね」と、ミィさんが南の方を指す。第9オアシスのことだ。緑の小山は見当たるが、建物は跡形もない。いまは全部、沙の下。

この世界は、どこまで行っても沙ばかりだ。自分がいま座っている地面の下に何が眠っているのか、覆い隠されてわからない。

「ルウシュくんは、沙のこと、好き?」

雲は好き？　みたいな質問に、迷うことなく答える。「好きですよ。嫌いな人が多いけど」

「生活の邪魔だからね」

「邪魔してくれて、ありがとうって感じです。ミィさんは？」

「苦手。厳しいから。もっと甘やかしてほしい」自嘲っぽい笑い方だった。「何かにつけて行く手を阻んでくる」

「それがいいんですよ。阻んでくれるから、諦めがつく」

沙堤防の外へ出る必要はない。生活に必要な物は、街のなかで事足りる。エンタメも豊富だ。全部手近にあって、無料で、便利で、合理的。

その発想はなかったな、とミィさんが呟く。「じゃあルウシュくんは、嫌いなものとかないの？」

「人間は、あまり好きじゃないです。人付き合いとか」

「ああ……わかるよ。悪くないけど、たまに、だるいよね」

膝を抱えた彼女は、普段より小柄に見えた。あの人にもいろいろあるんだぞ、とテトノの言葉を思い出す。

「ミィさんは、どうして手作りにこだわるんですか？」

「新鮮でしょ？」

「まあ」物珍しくはあるだろう。「けど機械を使ったほうが楽だし、クオリティも上がるじゃないですか。何より失敗しませんよ」

「でも、心がこもってない。誠意もない」

誠意の見せ方は一通りじゃないと思うけれど、俺は黙って先を促す。

「『宇宙電車の旅』は友達の死を受け入れる話だって、テトノくんが言ってたよね。全体を通せばそうなんだけど、『宇宙電車の旅』の最大のポイントは、生きづらさだと思うんだ」

「生きづらさ？」

「『宇宙電車の旅』では、ジョンはネルと旅をしながら、生きづらさから解放される。そして生きづらい現実に帰ってくる。まさにこんな感じの、乾いた味けない世界に」

ぬるい風が、白い大地を這っていく。

「幻想的な宇宙の光景を現実的な沙上に変えることで、演劇に現実を投影したかった。そして観客に再考してほしかった。生きづらい世界で生きていくことの、意味と方法を。機械に頼らないのは、この心を、自分の手で表現したいから。……そうだね、正しくは、手作りは心がこもってるんじゃなくて、心をこめやすいのが、手作りなのかも」

「そこに俺の詩が混ざってよかったんですかね」

「もちろん！　最高の詩だもの」

「だといいけど」俺は首を傾げて唇を舐めた。顔の沙を払うふりをして、頬に触れる。凡人の俺が作った凡庸な詩が、ストレートに認められている。「でも、最近、詩作って楽しいなって、思うようになりました」

「へえ、それは、なんだか、わたしも嬉しいな。芸術を志す者として」ミィさんは、一呼吸置いた。「実はね、コンテストに出るって決めたとき、やめたんだよね、就活を」

「え」

「演劇の世界でやっていくために、大好きな『劇団ネオ』に認めてもらう。わたしにとっての就活はこれだな、って思って。講評はものすごく辛口らしいけど」

「え？　じゃあ、いま、内定ゼロってことですか？　そんな、だったら、もっと他に……」自制心が働き、途中で濁した。『劇団みずうみ』は、お世辞にも技術力が高いとは言えない。俺なら、ベットするには不安が残る。しかしそれを座長の前で言うわけにはいかない。

ミィさんは俺の発言の意図を察したようだったが、屈託なかった。

「団員のみんなはね、和気藹々《わきあいあい》とやりたいだけ。演劇をわちゃわちゃ楽しみたいだけなんだ。わたしは、そういう芸術との向き合い方が好き。就活をやめて、演劇に絞ったとき、クオリティを上げるために機械を使うべきか否か、悩んだよ。団員にも相談して、いろんな意見を貰った。わたしはやっぱり、手作りで、『劇団みずうみ』で、挑戦したいと思った。自分の選択の結果を、自分で背負えるくらいの大人になるつもり」

「真剣に楽しむんじゃなくて、気軽に、ってこと、ですよね」

「嫌な思いをさせて、不安にさせて、ごめん。団員のみんなは、『劇団みずうみ』として演劇を楽しんでいるだけで、ルウシュくんの詩を蔑ろにする気は、ないんだよ」

謝られるのは、違った。悪態を吐かれたわけでも、詩を酷評されたわけでもない。肩透かしを食らっているのは、俺が勝手に期待値を上げたからだ。

「いえ。俺が空気に慣れなかっただけです。郷に入っては郷に従うべきでした」

「感じたことを言葉にして、伝えてくれるのは、本当に嬉しいよ。次の稽古も来てほしいな」

「行きます」

ふふ、と笑ったミィさんは、膝を抱えたまま、前を向く。その長い髪が、丸まった背中に沿って流れている。

「ボタンひとつで自動的に生成された芸術なんて、ちっとも面白くない。人の意志が介入するから、そこに人の物語が生まれて、人の心を動かすんだ。人はきっと芸術を、それが作られた経緯ごと愛するんだよ」

俺は、その横顔を眺める。

芸術に傾倒して人生を棒に振るような愚者には見えない、なんて思った自分は、つくづく人を見る目がない。

やりたいことがある人は、それを燃料に走り出す。その背中は眩くて、かっこよくて、羨ましいくらいに強か《したた》だ。俺には決して手の届かない、遠い存在。機械を一切排除してもの作りをするミィさんも、そのひとりかもしれない。この人はいつか、客からお金を取れるような演劇を作るかもしれない。

リュックの沙粒を払いながら訊く。「自分で考えたんですか？　『沙上電車の旅』に変換する工夫とか」

「うん」

「すごいな。自分でアイデアを生み出すって、凡人にはできないことだから」

「そうかな」

「そうですよ。ミィさん、才能があるんだ」

「だといいな」

成し遂げてほしいと思った。見せつけてほしい。小さな世界に閉じこもって、与えられたもので満足して、自分の凡庸さに安堵している、俺のような人間とは違うところを。世のなかを変えるくらいの実力を。

「期待、してます」

「ありがとう」

ふっとあたりが薄暗くなった。夕陽が沈み切ったところだった。

「時間かな」ミィさんが立ち上がる。「付き合ってくれてありがとう」

夜の沙丘は危険だ。辺り一面真っ暗闇に染まって、行き場を見失ってしまう。

「喉が渇きましたね」立ち上がってリュックを肩にかけ、俺は思い出した。「そういえば、どうしてここによく来るんですか?」

斜面を下りかけていたミィさんが振り返る。「気になる?」

「なります」

「現実逃避から、逃避するため。沙に向きあうと、その厳しさに気づかされる。生きづらい現実を実感できる。失われた第9オアシスを想像すると、余計に。そうやって、定期的に見つめ直さないと、当たり前すぎて、忘れてしまうから」

「生きづらさを?」

「生きづらい現実があるってこと」

「それ、違うんですか?」

「ちょっと違うかな。ニュアンスの程度が」

背後でぶわりと風が沙を巻き上げた。思わず目を瞑ると、腕に沙粒がぶつかっていく。「明日は風が強そうだね」と、ミィさんの声は遠くに聞こえた。俺は振り返り、明度を落とした沙の大地を眺める。沙。俺が好きだと思っているもの。ミィさんにとっては、生きづらい現実を思い出させるもの。

この世界は、酷く生きづらいのかもしれない。沙に埋もれて、息苦しくて、動きにくくて、ひたすらに喉が渇く。現実は直視すると悍《おぞ》ましいから、大抵の人は見て見ぬふりをして、まやかしで食いつないで、生きている。それが当たり前だから、慣れてしまっている。きっと、俺も。

「あの、俺も、時々ここに来ていいですか?」

「もちろん」

薄暗い防風林を進むミィさんに、続けて声をかける。

「テーマソングの歌詞、俺が考えたら、使ってくれますか?」

4

街の中央にある広場の周囲には、施設がひしめき合っている。地下にはショッピングエリアとレストラン街。地上には小さな遊園地とスポーツ施設。屋外エリアを覆う分厚いガラスドームは、どんな沙嵐にもびくともしない。広場では毎週のようにイベントが開催されていて、休日には大いに賑わっている。先日は音楽隊がコンサートを、今日は大道芸人がよくわからないパフォーマンスをしていた。

広場の中央に人だかりができていて、定期的に「おー」と感心交じりの歓声が上がる。しかし人の壁に阻まれて、パフォーマンスの全容は把握できない。週末に首都からこんな辺鄙な街までわざわざやってきた慈善団体は、お金も取らずに人々を笑顔にして帰っていく。どう考えても赤字だろうに。

「ああいうの、憧れるよなー」

テトノが言った。テトノと手をつないだ幼い女の子が、「なー」と繰り返した。妹のコンだ。六歳。幼子特有の艶《つや》のある髪を丁寧に編み込んで、ブラウスに黒っぽい半ズボンと、フォーマルじみた格好をしている。最近のおでかけの定番だそうで、将来の夢はお菓子作りの上手な王子様だそうだ。趣味はお歌を歌うこと。

「なんでいるんだよ」

俺の突っ込みは無視された。

テトノはコンを肩車して、「見えるか？」と訊いた。コンは返事の代わりにきゃっきゃと笑った。傍目では危なっかしいが、テトノの体躯を考えれば、安定しているのかもしれない。

大道芸が終わる様子はない。俺はしびれを切らした。

「先に行くぞ」

「いや俺も行くから」

コンを乗せたままテトノが動くので、さすがに下ろすよう提言する。「危ないだろ」

「だってよ、コン。下りる？」

「しかたないなぁ。おりてあげるよ」

着地したコンの小さな手を、テトノが握った。人だかりの後ろを、幼子の歩幅に合わせてちょこちょこと進む。わずらわしいが、俺も歩調を合わせる。

「詞に曲をつけるって、できるの?」とテトノ。「できそうだけど」

俺はボディバッグからカードを取り出した。表面にチップが埋め込まれているタイプで、なかには歌詞データが入っている。「これを読み込ませればいいらしい」

「ああ、アップロードってこと」

「アップロードってことね、はいはい」とコン。「それってなに?」

「作成したデータを機械に読み込ませて、学習機能を流用して、別のものを作るの」とテトノ。「自動作成じゃなくてスクリプトを書かなくちゃいけないから、ちょっとだけ手間がかかるんだよ」

「ふーん、かんたんじゃん」

「なんでいるんだよ」と俺の突っ込みは再度無視された。コンに文句を言う形だからよくないのだ。「なんで連れて来たんだよ」

「夏期休暇に入ったから」

「おまえの家、おばあちゃんがいるだろ」

「いろいろあるんだ」

「なんだよ、いろいろって」

「いろいろ!」コンが語気を強くした。「おばあちゃん、にゅーいんだよ。しらないの?」

「あ……そう」

「背中が痛いんだってよ」テトノは不機嫌そうに補足して、顔を逸らした。「検査入院」

「へえ」テトノは家庭環境の詮索を嫌うので、それ以上の言及はやめておいた。

広場の北側に、長方形の機械はある。その表面は沙地のようなコーティングがされていて、正面に小さなタッチパネルが設置されている。地上に出ている機体は出力装置。地下には巨大なスペースがあり、大量の大型コンピュータがずらりと整列している（のを、社会見学で見たことがある）。それらには、大沙嵐の前に制作された芸術作品や、素人が遊びで作ったような雑貨、なんのために作られたのかわからない工芸品などが、すべて電子データ化されて保管されている。そのデータは、要素を分解されて、特徴をトレースされて、〝クリエイター〟を構成するひとつになる。つまり過去の作品は、〝クリエイター〟が作品を生成するための種、学習元だ。

機械の前は閑古鳥が鳴いていた。大道芸に人気を吸い取られたわけではない。家庭用機械や小型立体プリンタが普及した現代に、わざわざ親機を使う人はいない。

「アップドーロ、どうやるの?」コンがつま先立ちをして画面を覗き込む。

「アップロード、だぞ」テトノがコンを抱き上げた。コンは早生まれなので、六歳児の平均的な体軀よりひとまわり小さい。

俺はパネルをタップして、付随作成機能を起動させ、表示に従ってカードを画面にかざした。読み取りはすぐに終わり、制作中のローディングバーがゆっくり進み始める。

機械で作品を一から作ることはあっても、合作を作るのは初めてだ。テトノとコンも、興味深そうに画面を見つめている。コンの丸々とした横顔は、テトノとそっくりだ。

俺の家は母子家庭。テトノの家は母親がいない。久々に同じクラスになったとき、片親が共通の話題となり、俺たちは仲良くなった。

俺は一人っ子で、母親は気象台に勤めている国家公務員。父親とは俺が物心つく前に別れていて、母曰く、「あの人？　もうこの街にいないよ。養育費は前払いで貰ってるし、追いかけるつもりもない」らしい。不自由なく暮らせているから、父親が誰でどこで何をしているか、俺としても興味はない。

テトノも似たようなものだ。父親は除沙作業員、母親も同業者だったが、コンが産まれてから、ひと悶着あって別れた。その後母親は街を出て実家へ帰ったとか。

「ひゃく！」とコンが言った。画面の数字を読み上げたのだった。

ローディングが終わったので、タブレットをパネルにかざして、完成したデータを受信する。楽曲は何パターンか作成されていた。広場の隅のベンチに腰かけて、迷惑にならない程度の音量で、全パターンを頭から流した。テトノの膝の上に座ったコンが、俺の身体を押しのけ、タブレットの画面を食い入るように見つめる。その丸い頭は、編み込みとみつあみが複雑に入り乱れ、何がどうなっているのかわからない。テトノがやったのだろう。太い指で、手先は器用なのだ。

「どう？」全曲終わってから、俺は尋ねた。

「どんぐりの背比べならぬ宝石の輝き比べ」隣に座るテトノが答えた。「甲乙つけがたい」

「あのね、コンはさいごがいい。きらきらしてた」

「そうだよな、きらきらしてたよな。最高だったよな。俺も最後がいい」

「六歳児に振り回されるなよ」

しかし俺も最後の曲がいちばんしっくり来たので、六歳児に賛同する結果となった。

沙の世界を走る電車。暗闇のなかを進むそれに相応しい静かな曲調でありながら、電車の明かりや登場人物たちの優しさを、クリスマスケーキのトッピングみたいに振りかけた、あたたかな雰囲気。俺の歌詞に音と節をつけて歌い上げる女性ボーカルの声は透き通っていて、儚げで、もの悲しい。音楽のことは詳しくないから、批評らしい批評はできないけれど、いい曲ができたと思う。

コンがリピート再生ボタンを勝手に押して、動き出したシークバーをじっと眺めている。

「これはさ、だれのおうた？」

「俺が作ったんだよ」

「うたってるのは？」

「さあ」

「ふうん」彼女はテトノを見上げた。「わからないの？」

「ソースコードとかを読んだら、モデルはわかるよ」

「あのね、おんがくってね、きくけどね、うたうとね、たのしいんだよ」

「さいですか」と俺は言う。コンの片膝が俺の太ももに食い込んで、痛い。

「それでね、コンは、くろくてまあるいやつのおうたが、いちばんすき。まあるいやつのおうたはね、かっこいいの」

「わかる。かっこいいよな」

「なんだよ、まあるいやつって」

「レコードばん」

「なんだそれ」

「うたのやつ。しらないの？」

「知ってるぞ」とテトノが答え、おにいちゃんにきいてない、と言われて凹んだ。おうたもへただし、と斜め上から追撃されて、沈んでいる。

子供は苦手だ。何を考えているのかさっぱりわからないし、論理的じゃないし、生意気だ。テトノの妹だから、邪険にしていないだけだ。

「コンねぇ、あたらしいきょく、ほしい」

コンがプレイリストのアップデートを所望したので、テトノがタブレットを機械にかざした。ローディング画面が表示され、すぐにリストが更新される。「ほら」とタブレットを差し出され、画面いっぱいに並んだ新曲に、コンはほくほくと嬉しそうだ。

広場の中央から、わっと歓声と拍手が上がった。大道芸が大詰めを迎えたのだろう。

「よし」テトノが口火を切る。「カフェとか入ろうぜ」

「なんで?」

俺は帰るつもりだった。気象学のテキストが終わっていないのだ。しかしテトノが「パフェ」と言い、コンが目を輝かせたため、提案は義務となり、俺は地下街へずるずると引きずられた。

稽古の休憩時間に曲を聴いてくれたミィさんは、イントロでふわりと笑み、何度も小さく頷いた。

「柔らかくて、あたたかくて、でも付かず離れずで、突き放すくせに信じている。不器用だけど優しい歌詞。ボーカルの感情がこんなにこもってるのは、ルウシュくんの歌詞が情緒的だからだよ」

機械が読み込んだ俺の歌詞。それを反映した結果が、この合成音声のトーンだ。俺は、俺が求めるような作品が生みだせたというわけだ。

「きっと、最高のエンディングになるよ。ルウシュくんは、スクリプトを書くのが上手いのかもしれないね」

「ですかね?」

機械を使った芸術活動は、首都のアートストリートで盛んらしい。

「この前、わたしのことを才能があるって褒めてくれたよね。でも、才能は誰にでもあるんだと思う。埋もれているだけで」

「ミィさんは、他人をその気にさせるのが上手いですよね。演技指導も的確だし」

「ありがとう」彼女の口角が上がった。「この曲に見合うくらいの舞台にしなくちゃね。稽古もラストスパートだ。みんな、気合入れていこう！」

部員たちが「おー！」とやる気に満ちた表情で応えた。

『沙上電車の旅』の稽古を重ねていくうちに、団員で休日に集まったり、自主練したりするようになり、その流れで『劇団ネオ』の作品の観劇会を催したらしい。あるときから「『劇団ネオ』ってすごいね」とか「あの舞台の演出が」とか「演技が」といった会話が飛び交うようになった。演劇を嗜《たしな》む人からすると、『劇団ネオ』はやはり実力派らしく、見るからに触発されている。

『劇団みずうみ』は、ただ楽しむ、というスタイルから、真剣に楽しむ、というスタイルに変わりつつあった。

本番まであと数日となったところで、街を沙嵐が襲った。悪天候は続き、稽古も中止にせざるを得なかった。これ以上天候が悪化すれば特急も運行中止になるのでは、と俺たちははらはらしたが、無事に街を出ることができた。

首都は、国内でいちばん大きなオアシスにある。周囲に巨大な堤防を築いて、ドーム型の分厚いガラス天井で沙と風の侵入を完全に防いでいるので、天候に左右されることがない。一瞬の晴れ間に列車が滑り込んだ首都は、当然のように無風だった。ガラスの向こうの空模様は荒れていたが、街灯のおかげで、街中は快晴の昼間みたいに明るい。

特急列車から下りた俺たちは、アートストリートへ向かう地下鉄に乗り換えて、車両の隅に固まった。早起きの疲れと不安のせいで、間延びした緊張感が生まれていた。お喋りも碌に続かない。普段から文句垂れないじめっ子役の捻くれ者は、欠伸を繰り返している。

「楽しみだな」

ミィさんは、フラットに見えた。疲れより、緊張より、期待が勝っている表情だった。

「余裕ですね」

「ルウシュくんこそ」

「俺は、何もしませんから」

役者や裏方と違い、演出家とも異なる立場の俺は、舞台袖から本番を見届けるだけだ。多少の怠さがあっても構わないし、胸の高鳴りはあるが、武者震いはしない。

「お気楽にふわふわしやがって。風船か」

右隣に並んだテトノが、目の下の隈を擦り、よくわからない嫌味を吹っかけてきた。

「おまえにはわかんないだろうけどな、俺は昨日からドキドキしてるんだぞ。音を流すタイミングを間違えたらどうしようとか、変な音を流したらどうしようとか。他のやつだってそうだよ。台詞ミスったらどうしようとか、飛ばしたらどうしようとか。最終調整もできてないし、大舞台で発表した経験なんてないんだ」

「だいじょうぶだって。できることはやったんだろ？」

「そうだよ」とミィさん。「絶対に上手くいくよ」

「その自信はどこから来るんですか。俺にも分けてください」

「自信ってほどのものじゃないけど、ここまできたら、やるしかないからね。今日の発表はわたしたちだけだから、観客もライバルもいないし、気楽に行こうよ。わたしたちは良い舞台を作れるって、信じよう」

アートストリートは、首都の端にある。地下鉄を下りて、地上に出て少し歩くと、区画に入った。途端、街の雰囲気ががらりと変わった。画廊やイベントホール、ライブハウス、布や工具や楽器などの専門店が軒を連ねている。どの建物も凝ったデザインだ。

「ここだ」

小さな建物の前で、ミィさんが立ち止まった。『劇団ネオ』の所有する劇場だ。ドアはガラス製、その脇には『Ｎｅｏ』と黒い石材の表札が埋め込まれている。エントランスはこぢんまりとしていた。白い壁に剝き出しの配管が天井を伝い、「会場はこちら」と案内板が階段上を示している。ミィさんを先頭に階段を上った。俺は最後尾を付いていく。

暗めのロビーに出た。小さな受付の傍に色褪せた革のソファがあって、男性が座っていた。見たことのある顔だ。『劇団ネオ』の主要メンバーの役者だったような。

階段からぞろぞろ現れた俺たちに気づき、彼は片手を挙げて立ち上がった。

「いらっしゃい。よく来ましたね。遠かったでしょう。さ、こちらにどうぞ」

控室に案内された。教室くらいの広さだった。壁際の長テーブルの上には、個別包装のお菓子と麦茶のペットボトルが人数分置いてある。紙コップとポットもあった。

「自由に食べてください」と男性が言った。「エアコンは、このパネルで調整を。場当たりは、どうしますか?」

「ちょっとだけ確認します」

「わかりました。では、リハは一時間後スタートにしましょうか」

「お願いします」

「トイレは廊下の突き当たりです。頑張ってね」

ドアが閉まり、一瞬静まり返った後、ジョン役が小声で叫んだ。「すごい! 本物だった!」

彼女の近くにいた照明担当も「ね」と言う。「コネンさん、実在してたね」

「はあー満足。ミィさんありがとうございます」

「ちょっと、まだ本番始まってないんだけど」と苦笑するミィさんも、にやけが隠しきれていない。「リアさんもいらっしゃるのかな」

リアさんは、眼鏡がトレードマークの毒舌な演出家だ。ミィさんの憧れの人らしい。

「ヤゴさんにも会いたいなぁ」と裏方の子が言う。ヤゴさんは、おっとりした雰囲気の脚本家だ。

「今日って、『劇団ネオ』全員が見に来るわけじゃないですよね?」ネル役が尋ねる。「シバラバ監督も来ますかね。あの人、結構好きなんですけど」

「かっこよくて綺麗な人だよね」と茶々が入り、ネル役が「そんなんじゃないって。違うから。ほんと」と、頬を赤く染めながら、重ねれば重ねるほど裏目に出る弁明を始める。

「講評委員の発表は本番のお楽しみですか。やだなー」テトノは鼻の頭にしわを寄せた。軽く水分補給して、メイクを済ませた。ミィさんが手を叩く。

「さて、最終確認しようか」

ホールに移動して、裏方がブースに入る。照明担当がライトの動作確認をした。ホリゾントは異常なし。音響担当がテストでせせらぎの音を流す。こちらも不具合はなさそうだ。テトノが、俺とミィさんにグッドサインを送った。

舞台袖から覗くと、重々しいカーテンの壁と、ライトに照らされた小さなステージがある。ステージには、最初に申請していた通り、持参した丸椅子がふたつだけ、ぽつねんと置かれている。テトノの手作りした木製の椅子だ。

リハーサルは、あっという間に終わった。

舞台裏で各々がお互いの背中を叩き、鼓舞していると、コネンさんから声がかかった。

「そろそろ、いいですか?」

五人の役者が目配せして、ミィさんに向かって頷く。彼女は満面の笑みで大きく頷き返した。「準備万端です」

「それはよかった」

俺とミィさんは、ブースに入った。ブースの中央には液晶画面が並んでいた。機器を操作するタッチパネルと、客席からのリアルタイムの全景映像だ。幕が下り切っているので、真っ暗で、講評委員の姿も映っていない。俺はブースの後方に畳まれたパイプ椅子を開き、腰かける。ふう、と息を吐く。さすがに、緊張してきた。

パネル正面の椅子に浅く腰掛けたミィさんは、ボタンに指を添えた。深呼吸をしてから、押した。

控えめなブザーが鳴り、暗い液晶画面の下側から光が漏れる。

『劇団みずうみ』、『沙上電車の旅』の幕が上がる。

5

首都を出て、日が暮れて、列車が停まり、見慣れた街に帰ってきた。終電間際の駅の改札内は、閑散としていた。その片隅に集まって、「家に帰るまでが遠足だからね」とミィさんがおどけた。「また後日、打ち上げしよう。おつかれさまでした」

誰よりも早く、いじめっ子役が「っしたー」とその場を離れた。続けてジョン役とネル役が、数人を伴って「おつかれさまです」と、それぞれ反対方向へ去っていく。

俺とテトノとミィさんは、最後まで残っていた。

「ふたりとも、ありがとう。特にルウシュくんは、部外者なのに最後まで関わってくれて、主題歌の歌詞も書いてくれて、本当に感謝してる」

脱力した笑みで、ミィさんが言った。目元が赤くなっていた。ステージ上でも、控室でも、外食中でも、列車のなかでも、ミィさんは泣いていなかった。泣いている姿を、俺たちに見せなかった。

「おもしろくねぇな」

電車に乗ってから、テトノがぽつりと言った。

「気に喰わねぇ」

不服そうな顔をしていた。俺は何も返さない。マンションに帰り、母親に帰宅を告げ、自室へこもった。


『劇団みずうみ』の上演は終わった。結果は散々だった。


ミィさんがボタンを押して、ブザーが鳴り、幕が上がる。暗転で椅子の向きを変えるだけの、背景も大掛かりなセットもないステージを、役者とライトが移動する。ジョン役とネル役は、最初に比べて、随分とジョンとネルになっていた。言動や抑揚ひとつひとつが、それぞれらしさに包まれていた。詩の朗読も引っ掛かることなく流れた。沙上電車は、言葉で構築された沙の平野を進み続ける。電波塔を発ち、水鳥の停車場、サファイヤとトパーズの気象台、オアシス……たくさんの停車駅を経て、出会いと別れを繰り返していく。

衣装らしい衣装もないので、詩の朗読や台詞を入れることで、登場人物を説明する。役者や上演時間の都合上、泣く泣くカットしたシーンもあるが、ミィさんの脚本と演出はステージの上で光り輝いていた。何度も調整したパート、ネル役が噛みがちな台詞、照明が複雑なシーン、音を合わせるのが難しい仕草、全部乗り越えて、ジョンが「そうだ、ミルク」と言い残して、舞台から消えた。テーマソングが流れ、終幕を迎える。客席から拍手が上がった。袖で、ブース内で、俺たちは顔を見合わせ、手応えに拳を握った。

曲がフェードアウトして、「椅子を持ってステージにどうぞ」と声がかかり、ぞろぞろと舞台に出る。

最前列の客席でスタンディングオベーションをしていたのは、シバラバさんだった。長身でゆで卵のようなつるりとした顔をしている。切れ長の目元で、にこりともしないので、鋭利な印象を受ける。シバラバさんの左隣で、男性が座ったまま拍手している。地味な見た目で眼鏡をかけている、演出家のリアさんだ。その左隣には、小柄で童顔のふくよかな女性。脚本家のヤゴさん。座って手を叩く姿は控えめで、人当たりが良さそうだ。左端には例のコネンさんが、スタンディングオベーションしていた。

右から順に、監督、演出家、脚本家、役者。この四人が講評委員らしい。

俺たちは、それぞれ持って出た丸椅子に座る。

「えー、まず、おつかれさまでした。良い舞台でした。エンディングの歌もよかったです」リアさんが拍手を止めて言うと、劇場が静かになり、立っていた人たちが座った。

「立派な劇になっていて、良かったと思います」ヤゴが両手を合わせる。「セットが丸椅子だけっていうのは、挑戦的ですねぇ」

「マイナスの演出が考え尽くされていたと思います」シバラバさんが手元のノートを見ながら言う。「忌憚《きたん》のない意見を貫いたい、と事前に伺っていますが」

「はい」ミィさんが背筋を伸ばした。「将来、演劇に関わりたいと考えているので」

俺たちもつられ、姿勢を正した。

「そりゃいいですね。『劇団みずうみ』は、普段はどんな活動を?」

コネンさんがよく通る声で尋ね、ミィさんが答える。「日頃は趣味のような感覚で、やりたいと思った演劇をしながら、楽しむことを目標に活動しています」

「なるほどー。いいことですね。楽しいのがいちばん」

「今回の『沙上電車の旅』だけど」シバラバさんが長い脚を組んだ。「なぜ、『宇宙電車の旅』をモチーフにしたのでしょうか?」

「大好きな脚本だからです」ミィさんは即答だった。「『宇宙電車の旅』の脚本を初めて読んだとき、芳《かんば》しくない環境で生きるジョンが、ネルについていけないのは、不平等だと感じました。そのころ、わたしもいろいろあったから」

「そうですか」リアさんが手元のバインダーに何か書き込んだ。「ジョンに感情移入したんだね。えー、『宇宙電車の旅』が好きだと」

「好きなものから受け取った感情を、好きなものを通して表現したいと思いました。自分が受けた感動を、今度は与えられたら、と」

リアさんはバインダーを見たまま頷く。「まあ、いい舞台だったけどね」

「なぜ『宇宙電車の旅』を『沙上電車の旅』に改変したのでしょうか?」シバラバさんがミィさんに尋ねる。目つきのせいで、凄んでいるように見える。ミィさんは臆さない。

「舞台を沙上にすることで、沙の世界を生きるわたしたちが、この作品をより身近に感じられるのではないかと思ったからです」

「手作りでやる意図は？　『劇団みずうみ』の目玉は手作り感だと思いますが、どのような効果を狙ったのでしょうか」

「よりリアリティを持たせ、より共感して、当事者意識を持ってもらうためです」

「ああいや……質問を変えますね。あなたたちは、セットや演出を極力省いた『宇宙電車の旅』のオマージュ作品を完全手作りで上演する、という行為が、観客にとってどのような価値になると考えましたか？」

ミィさんは押し黙った。ええと、と場をつなぎ、どう説明すべきか悩んでいるようだ。「手作りには心がこもるから、力があると思ってて、人の心に響くものを作りたいから……です」

「演劇には観客が不可欠です。『沙上電車の旅』は刺激が少なく、似たような沙の世界が続き、主人公たちはぐるぐる悩むばかり。まどろっこしい心理描写が多かったので、倦んでくる人や、味気なく感じる人もいるでしょう。舞台側はやりがいがあっても、観客側は飽きるかもしれない。実際、演出を減らしすぎたせいで、物語の起伏が少なく感じました。手作りゆえに粗さが気になる点もあります。自分が感動したから相手を感動させられる、というのは、表現者として通用しません」

「……そう、ですね」ミィさんはニコニコしながら、目線を下に泳がせている。あの沙堤防の外側で俺に語ってくれたことを、意気揚々と伝えればいいのに。

「えーと、大道具がいないんじゃない？」

リアさんの言葉に、テトノがぴくりと反応して、ミィさんが即座に否定した。「いいえ、優秀な大道具がいます。いつも的確なセットを機械で作ってくれて」

「なら、なおさら謎だよ。僕はダイレクトに言うけどね、『沙上電車の旅』を手作りした意味は、ないと思うよ。引き算の演劇をするには、明らかに経験と工夫が足りてないし、いくらこだわったところで、客に伝わらないと意味がないんだよ。どうして『宇宙電車の旅』を改変したの？　至高の作品じゃない。そこまで好きなら、『宇宙電車の旅』を『劇団みずうみ』なりに解釈して上演すればよかったし、下手に質を下げずに機械もばんばん活用すればよかったのに。信じてあげなよ、自分が感動した脚本の力を」

団員たちが、ミィさんをちらちらと横目で見る。ミィさんは微かに口角を上げ、曖昧に首を傾げた。「そうかもしれません」

「でも、挑戦する姿勢は素晴らしいと思いますよ。何事も経験ですから」

コネンさんの明るいフォローに、リアさんが「若くていいけどね」と被せる。「そもそも、『宇宙電車の旅』自体が、機械が作ったオマージュ作品ってこと、知らないんじゃないの？」

ミィさんが衝撃で固まったのが、視界の隅に見えた。

「元の作品が有名な古典だったから、改変が物議を醸して、当時の機械芸術論の論点にもなったんだけどね。しっかり押さえてるのかな。原典を調べるくらい、してるよね？」

ジョン役が突如身を乗り出した。「あ、あの、演技はどうでしたか？」

コネンさんが答えた。「皆さん一生懸命に自分の役を生きていて、良かったと思います。兼役も多かったから、大変だったでしょう？　演劇をする上で必要な力は、身に着いているように感じましたよ」

つまり可もなく不可もなくだろ、と、俺の隣に座るいじめっ子役が呟いた。

「これは、どうして散文詩みたいな台詞を多用したんですか？」

ヤゴさんがミィさんに尋ね、はっとしたミィさんが俺を一瞥した。俺は回答権を譲る。

「えと、セットや演出を減らすにあたり、言葉で説明する部分を増やさざるを得ませんでした。そこを詩の朗読にすることで、テンポアップさせました」

「ありがとう。リズムがついてるから、楽しく聞けてよかったです」

「でもこれ、カラーフィルタを変えたり、セットを作ったりしたほうが良いよ。その分、言葉に説得力が出るじゃない」と言ったのはリアさんだ。「詩のクオリティだって、機械のほうがもっとうまくやるよ」

「そこはほら、オリジナリティが、あるじゃないですか」テトノが食いついた。「俺は大道具なんですけど、セットをゼロにすることで見える景色があるように感じましたよ。何もないからこそ、脳裏に浮かぶ情景は豊か。『劇団ネオ』さんも、こういう演出やっていらっしゃるでしょ」

リアさんがピクリと片眉をひくつかせて、鋭い眼差しでテトノを見据えた。

「見てくれたの。嬉しいな」

言葉とは裏腹の、真剣な表情だった。声の温度が下がり、狭い劇場の空気が一気に張り詰めた。テトノが気圧され、それでも続ける。

「あれも、ほら、あえて簡素にすることで、新しい見せ方をしてたじゃないですか。『劇団ネオ』さんと同じように、観客の想像力に頼る。これが、『劇団みずうみ』が観客に求めたことです。そのための、たったふたつの丸椅子です」

「丸椅子を選んだ理由は？」

「え？」

「唯一のセットでしょ。どうして木製の丸椅子にしたの？　電車の座席っぽくないけど」

「それは……」

「ちなみに僕らのあの題目は、観客の想像力に委ねるんじゃなくて、役者の動きと台詞に集中してもらうために、セットを取り払ったんだけどね」

「えっ、と、あの椅子は、どこにでもある、身近なものを使おう、って話になって、身近に感じてほしくて、手作りを……」

「どうして斜め上のこだわり方をしちゃったかな。僕はね、詩のパートからも、似たような適当さを感じるんだ。詩の朗読をする、というアイデアを、世紀の大発見だと信じ込んだ甘えがね。熟考した上での判断なのかな。それとも思いついたアイデアに飛びついたの？」

「いやでも、」テトノが再び食いついた。「俺は、詩の部分を入れると、児童文学作品みたいな優しさが感じられると思いますよ」

「僕はその〇〇みたいなって譬《たと》え、嫌いだね。児童文学を愛している人に失礼だと思わない？」

「あの」「リアさん」

コネンさんとヤゴさんが口を開くが、リアさんはふたりを片手で制して続ける。

「別の芸術作品に譬えなくても、そのすごさを表現できるし、そうすべきだと思う。君はその比喩表現をしないと、感動を感想に起こせないの？」

「いや、俺は、その、あくまでわかりやすく説明しただけで」

「共通認識を利用した譬えって、的確に見えて、的を大きくしただけなんだよ」

「でも」

「既存のものを例示することって、ただの比較で、君自身の感性から生まれた比喩ではないよね。他人の作品で心を語ってどうするの。アーティストとしての矜持があるなら、自分の言葉を使いなさい。何を使っても、何を利用しても、自分の作品を唯一無二だと信じなさい。不格好でもいいから。オリジナリティを語るのは、それができてからだよ。下手にオマージュなんかしなければよかったんだ」

「リアさん」ヤゴさんが語気を強めた。「さすがに言い過ぎです」

「いえ」ミィさんは、頬を真っ赤にしながら、膝の上で両手を握りしめて、言った。「リアさんの演出、わたし、尊敬してますし、こういうとき、誰よりも真剣で、誰よりもメモを取って、年齢とか、性別とか関係なく、真摯に意見してくださる方だってこと、知ってます」

「すみません、気を遣わせて」シバラバさんが横を見遣った。「リアさん、悪い癖が出てます」

リアさんは黙って椅子に凭れ、一息吐いた。

気を取り直したシバラバさんの鋭い眼光が、ミィさんに向けられる。

「あなたは、人の心に響くものを作りたいそうですね」

ミィさんは首肯する。「はい」

「『沙上電車の旅』からは、良いものを作りたいという気持ちが伝わってきました。足りない部分が多いのは、当然です。でも、未熟で不出来なものが駄作ではない。何よりも、『劇団みずうみ』は演劇が好き。だから『沙上電車の旅』を上演できた。機械もどんどん取り入れていけばいいんです。生身の人間が表現する演劇それこそが、機械が取って代われない芸術ですからね。本質をしっかり見極めてみてください」

「ありがとうございます」

ミィさんは頭を下げた。団員もつられておずおずと頭を下げた。俺は会釈に留めた。再度拍手が起こって、俺たちはステージを後にした。

控室へ戻った。みんな押し黙っていた。

「えーと、ひとまず、おつかれさまです」

口火を切ったのは、ミィさんだった。穏やかな表情をしていたが、弱々しかった。

「最後まで付き合ってくれて、本当にありがとう」

自主的に手を叩くので、団員たちもそれに合わせて拍手した。ネル役が長テーブルからお菓子をつまんで、配った。「無事に終わったことだし、肩の力を抜きましょうよ」

俺はクッキーを受け取った。封を切って食べると、ポロポロと欠片がこぼれた。

ドアがノックされ、コネンさんが顔を覗かせた。「せっかく来てくれたんだから」と講評委員との夕食会を提案してくれたが、帰りの電車があるため、断った。

俺たちは荷物をまとめ、四人の講評委員に見送られて、劇場を去った。遅い昼飯の話をしながら、気もそぞろに地下街を歩いた。

ミィさんは笑顔だった。団員たちも気に留めないよう努めていた。テトノは納得がいっていなかった。言い負かされたのが悔しくてたまらないようだった。俺は、腸がふつふつと煮え滾《たぎ》ってくるのを感じていた。その落ち着きのない感覚のまま、家に帰ってきた。

「ルウシュ、何か食べる？」

母さんの声がする。俺はいらないと答える。天井をぼうっと見つめながら深呼吸を繰り返したが、沸騰は一向に治まらない。

『劇団みずうみ』は努力を重ねて、機械の使用も必要最少限で、本番直前まで改良を怠らなかった。ミィさんに至っては、大好きな脚本に敬意を払って『沙上電車の旅』を書き上げた。外部の人間に詩パートの委託までした。それをあの人たちは、たった一時間で、十全にわかったような顔で批評して、さも自分たちのほうが上位であるかのように、実力者であるかのように振る舞って、偉そうに批評した。特にあのリアとかいう演出家。あいつは観劇中、粗探しをしていたに違いない。ひよっこたちをどう言い負かしてやろうかと、ほくそ笑んでいたはずだ。

毒舌キャラだから何を言っても許されると思っているのだ。

　アーティストは二分される。凡人か、天才か。狭い常識の枠内でしか物事を評価できない凡人がそろった『劇団ネオ』なんて、そんなやつらの批評なんて、聞くに値しない。型に嵌った凡人の意見なんか当てにならない。本当の天才は、小手先のテクニックなんか使わない。どこまでも一筋だ。夢に直行する、向上心の塊。ミィさんみたいに。

『劇団ネオ』は、御託を並べてアーティストを気取っているだけの連中だ。演劇のことを何もわかっていない。俺たちが長旅で疲れ切っていたことすら、気づけていないじゃないか。


　街に帰ってきてから数日間、天候は荒れ続けていた。爆弾低気圧が予測より長く居座っているようだ。湿度の高い風が吹き荒び、沙が街を覆い続けた。俺はどこへも行きたくなかった。

『劇団みずうみ』からの連絡もなかった。テトノからの連絡も。

　気象学の特別講習の事前資料が届いたので確認するが、文字を追っていた目がすっと外れ、頭のなかに、あの憎たらしい四人、特に演出家が現れる。俺はそのたびに舌を打つ。なぜ俺が苛立っているのだろう。こんなことなら、『劇団みずうみ』に関わらなければよかった。半端に凡人の俺が携わったから、こんな結末になったのだ。ミィさんひとりで書いた脚本や、機械が作った脚本のほうが、きっと、ずっと、よかった。

　機械で参考書をダウンロードしがてら、『劇団ネオ』の脚本や上演作品のパンフレットを探して、憎い顔を見る。その間だけ、行き場のない衝動がマシになる。

夏期休暇の最終日、『劇団ネオ』の特集が組まれた趣味記事が、ニュースサイトに上がっていた。開くと、例の四人の顔写真が映っている。題名は「連載企画第4回！　コンテスト開催直前の『劇団ネオ』に訊く、〝型破り〟とは？」。

――ところで『コンテスト』と銘打っていますが、ランク付けはしませんよね。なぜでしょう。

シバラバ：コンテストと呼称しているのは、過去の自分たちと競い、追い越してほしい、という考えからです。

リア：正解のない世界ですからね。他人と比べるのではなく、気づき、盗んで、活かす。型を知り、学び、嵌る。

――その型に嵌る、という表現について、伺います。コンテストに参加するアマチュアたちのなかには、型破りな表現に挑む者もいると思います。『劇団ネオ』では、それらについてどのようなお考えをお持ちですか？

シバラバ：型破りといえば、先日、飲みの席で議題に上がりましたね。

リア：そうだね。型破りしたい場合、まず型に嵌らなくちゃいけないよね、ってところから始まって。これは初心者にありがちだけど、型に嵌ること、影響を受けることを恐れて、機械や他の作品と距離をとって、もしくは自分の好きな作品だけに依存して、自分のスタイルを確立しようとする。でも、僕も再三言ってるし、何度も言われてるけど、型無しと型破りってのは、違うんですよね。

ヤゴ：物語にも原理や法則があって、それは長い歴史のなかで積み上げられてきたもので、機械が物語を作るときに利用していることからも、理にかなっているんです。先人たちの工夫の結晶を学ぶことには、意義がありますよね。

コネン：演出にも定石がありますよ。例えば、晴れた日の海は何色ですか？

——青、でしょうか？

コネン：ほとんどの人が、そう答えると思います。『劇団ネオ』は、特別な理由がないかぎり、ステージ上の海は青色で描写します。では、晴れのシーンで赤色の海が出てきたら、どう思いますか？

——赤い理由が気になりますね。赤潮とか？

コネン：そうやって思案の世界に入って、観劇中なのに演劇から離れてしまうでしょ。過剰や不足、粗さはノイズになっちゃうんですよ。

シバラバ：舞台作品には、観客が必須です。お客様の常識と舞台上の常識を下敷きに、ノイズを排除した作品を作る。これが、『劇団ネオ』が心掛けていることです。もちろんセットも、お客さんが気にならない品質のものを置きます。機械を使えば済むことですから。

コネン：そして共通の常識を必要に応じて破るから、効果的な演出になる。これが型破りです。

リア：型無しは目も当てられませんよ。「僕のオリジナリティ溢れる作品を見てください！」

と叫んでいますが、それはすでに誰かが作ったものや使い古されたものだ。型に嵌ったことがないから、狭い視野で物事を判断して、新しいものだと思い込む。
ヤゴ：基礎を知って、自分の作品を自己批評して、一度お客さんになるんです。客観性を身に着けるのは、大切なことですよ。機械の添削機能もいい役割を果たしてくれます。
シバラバ：機械と敵対しても良いものは作れません。単純なテクニックでいえば、機械のほうが圧倒的に優れていますからね。学ぶことは多い。どうして認めてくれないんだ、と恨む前に、まず自分と周囲の齟齬を探して、何でも活用してみることが重要です。
――型を知るからこそ、自己批評やブラッシュアップができる、ということですね。『劇団ネオ』の作品が幅広く受け入れられている理由が、わかる気がします。ところで、型を知らない全くの我流もひとつの魅力に感じますが、いかがでしょうか。
リア：もちろん天才は実在するし、彼らのなかには感覚的に優れていて、型に嵌ると逆に凡人化してしまう人もいますよ。でも、そういうのは、ひと握りですね。そもそも天才だとか凡人だとか、分類にこだわるのはナンセンスです。
ヤゴ：いわゆる天才肌な人って、我流に見えて、基礎を感覚的に身に着けてたりするんですよね。
――なるほど。先週のインタビューとは真反対の意見が出ています。
シバラバ：それは結構です。多様性があってしかるべきですよ。
リア：僕はね、とにかく、クリエイターはクリエイションに真摯であるべきだと思うよ。型に嵌って、己の未熟さを理解して、物事と向き合いつづけて、悩み続ける。模索し続ける。僕だって、これからも基礎を忘れず、ひとつひとつ丁寧に、手を抜かず、やっていきます。良き表現者であり、良き見巧者《みごうしゃ》でありたい。
シバラバ：リアさんは、自他に厳しすぎるきらいがありますけどね。
リア：僕は一介の会社員です。でも趣味や副業だとしても、演劇には真剣に向き合いたい。演劇で苦しみたい。厳しく言われたい。僕にとって厳しさは、期待と同じです。
——では、『劇団ネオ』の次回作について、お聞かせください。
ヤゴ：次の脚本は、どこにも行けない人たちを題材にした、水の底の楽園の物語です。
コネン：演技はいつも通り、自分たちで作っています。
シバラバ：お楽しみに。リアさんも何か一言。
リア：やだよ、恥ずかしい。まあでもね、血反吐《ちへど》を吐きながら演劇やってる人たちが気になる酔狂な物好きは、見に来てください。
ヤゴ：素直じゃないんだから。

夜、ミィさんから電話がかかってきた。

「打ち上げをしようと思ってて。空いてる日、ある？」

「休日の夜なら、いつでも」

「よし、来週末が濃厚かな」

「訊いてもいいですか？」

「うん？」

俺は唇を舐めた。かさついていた。「就活、するんですか？」

しばらく会話が止まった。ミィさんは「そうだね」とだけ呟いて、間が空いて、

「今回のコンテストでわかったけど、わたしは、首都に出て演劇のプロを目指すのは、向いてないかな」

「そうですか」

「向上心よりも、やりたいこと、思いついたことをしたい。趣味で苦しい思いをしたくない。演劇が好きだからこそ、続けられる道を選びたい」

「じゃあ、演劇はやめないんですね」

「いままでどおりだよ」

「俺は……、俺は、首都での活動を目指しても、いいと思いますよ。『劇団ネオ』が演劇界のすべてじゃないし、まだまだこれからですよ」

ミィさんは電話口で苦笑した。

「リアさんのコメントは応えたよ。でもあの人は、素人だからってちやほやしないで、現実を教えてくれた。わたし、『宇宙電車の旅』が、機械が作ったオマージュ作品ってことを知らなかったんだよね。原典があるのも知らなかった。ありえないと思う」

「普通に生きてたら、知らなくて当然ですよ。学校で習わないし」

「だからこそ、調べるべきだったよ、自分で。わたし、作品と全然向き合えてなかった。それで、考えたんだ。自分が演劇をやってる理由について」

人の心に響く作品とか、手作りの力とか、後付けのような気がしてきちゃった、と続けて言われた。

「楽しいから、だと動機が弱く思えて、それらしい理由を付け足していたのかも」

就活の志望動機で、「好きだから」「気になるから」が通用しないのと同じだ。周囲は具体性を求める。自分も具体性が欲しい。だからミィさんも、有効な理由を作り出していた、と。

「わたし、演劇を知りたいわけでも、演劇で人を感動させたいわけでもなくて、手作りの力とかどうでもよくて、たぶん、ただ、演劇が好きなだけなんだ。もっと純粋でよかったみたい」

ミィさんの口調は、いい具合に脱力していて、肩の荷が下りたようだった。自分の実力を測り、当たって砕けて、気付きを得て、むしろすっきりしたのだと、俺は受け取った。

「首都に行ってもいいんだよ、って両親に言われたけど、レベルの高い人たちとやっていくには、ある程度の自信と才能がないと、つらいよね。わざわざ厳しい世界に出る必要もないかなって。この街でも、できることがあるはずだから。ルウシュくんの言ったとおり、沙が邪魔してくれてよかったよ。もし世界に沙がなくて、軽率に行動できてたら、いつか大火傷《おおやけど》を負ってたと思う」

俺は、相槌を打つことしかできない。

あなたには才能があると、俺は思っていた。それは、俺の勘違いだったのか？　ミィさんは凡人で、俺が特別視していただけなのか？

天才は、簡単に諦めない。そういうことだ。ミィさんには、演劇業界でやっていけるほどの実力がない。そもそも、詩のパートを俺に任せた時点で、見る目がない。

「打ち上げ、日程とお店が決まり次第、連絡するね」

待ってます、では、と返して、俺は受話器を置いた。廊下は冷たかった。

水を飲みに、電気の消えたリビングへ向かうと、窓の外は真っ暗だった。沙嵐が吹き荒れている。数メートル先の街灯も見えなくなるくらいの強烈な天候は、一向に治まる気配がない。俺の好きな天気だ。

もう二度と、『劇団みずうみ』にも演劇にも関わらない。この件は、もう、考えない。俺は言われた通りに役目をこなした。結果、ミィさんは過ちを犯さず、好きを大切に抱えていくために、趣味で演劇を続けることにした。この街を出て行かず、乾いた危険な沙の大地を進むこともせず、やるべきことをやりながら。誰も悪くない。みんな幸せ。それでいいじゃないか。俺にもやるべきことがある。気象予報士になるための資格勉強だ。やはり、進むべき道から目を逸らしてはいけないのだ。

コップを片付けたあとで、テーブルの上の分厚いファイルが目についた。母さんの仕事のものだ。母さんは夕食後に仕事先から電話を受けて、慌ただしく家を出て行った。忘れ物だろうか。どちらにせよ、仕事に使うものをこんなところにほっぽりだしているなんて、珍しい。せめて仕事部屋に片しておこうと手に取る。

6

夏期休暇が終わり、学校が始まってからの日々は、緩やかな目醒めのようだった。朝から授業、授業、授業、家に帰って気象予報士の講習、勉強漬けの毎日。前期がおかしかったのだ。この街という小さな世界のなかで、安定した収入を得て真っ当に生きるには、普通に働くだけでいい。淡々と物事に取り組んでいればいいのだ。

「文化祭、中止になりそうだぞ」

放課後、生徒玄関で靴を履き替えていると、後ろからやってきたテトノが言った。窓から覗く空には鼠色の雲が立ち込め、地上では強風が吹いている。

「中止？　延期じゃなくて？」下足を軽く床に打ち付け、底の沙を落としてから履く。

「しばらく沙嵐が続くらしい。天気予報見てねぇの？　気象予報士志望のくせに」

課題ばかりで暇がないのだ。それもこれも、『劇団みずうみ』の活動にかまけていたせい。

「つまりおまえのせいだ」

「俺ぇ？」靴を履く作業を中断して、テトノはわざとらしく声をひっくり返した。「なんで天気予報見てないのが俺のせいなんだよ。いいけどさ」

「文化祭も中止って、休校ってこと？」

「じゃないか？　明日には担任から伝達されるだろうけど。ミィさん含め、卒業生は可哀想だよな。最後の文化祭だったのに。秋が丸潰れになったら、授業進度も怪しいし、研修もどうなるか」

最終学年になると、授業内容は現代社会に関する教科や、技術家庭科、キャリア関係が中心になる。生活と人生設計のための基礎知識を教わるのだ。建設的かつ実用的な授業が潰れるか短縮されるとなると、働き出してから不便だろう。

無論、俺たちにも必須科目のしわよせがやってくる。

「打ち上げも中止かなぁ」テトノがしみじみと言った。「物足りないなぁ」

「安全第一。背に腹は代えられない」

「そうだけど、コンも入学した年にこれは可哀想だ」

生徒の流れに乗って、学校を出る。地下通路を通って、駅へ向かう。地下通路には、無数の足音と話し声が響いている。

「進級できるかなぁ、俺。単位足りないかもなぁ。やばいなぁ」自分のことなのに、テトノはどこか他人事だ。「ルウシュは最近どうなの？」

「勉強」

「味気ないねぇ」

「充実してるよ。そういえば、おばあさんは？」

「退院したけど、来週に再入院の予定。何回かに分けて処置するんだと。親父も溜息ばかりで居心地悪いよ。ずっと忙しそうでまともに話もできないし」

「除沙作業員は大変だろうな」

降沙量は年々増加傾向にある。特に今年は多いらしく、作業手当の補助金が追加されるらしいと、母さん伝手《づて》に聞いた。

近頃、母さんは多忙を極めている。テトノの父親ではないが、思いつめた顔をしていることが多い。理由は知らない。どうしたの、とも訊かない。俺は俺で忙しいからだ。

晴天で無風の日、俺はミィさんの真似をして、南行きの電車に乗り込み、無人駅で降りて、街の外へ出ている。現実と向き合うためではなく、実技試験の準備だ。気象台に勤務すると、設備点検や現地調査などで、沙堤防の外に出る機会が増える。本格的なトレーニングは研修期間に実施されるが、さすがに面接で「沙地を歩いたことはありません」と答えるわけにはいかない。沙堤防を抜けて、第9オアシスがあったあたりまで南下して、戻ってくる。往復で三時間くらい。座学の気晴らしに丁度良いので、俺としても沙丘の上は悪くなかった。足場が不安定な散歩だと思えばいい。

「そういうわけで、俺も最近、外に出てるよ」

話を黙って聞いていたテトノは、「ふうん」と鼻にかかった相槌を打った。「それさ、途中で気になるものとか、あったりする？」

「気になるもの？」

「散歩コースを離れたくなるようなもの。山麓とか、行ってみた？」

「沙上を歩く練習だって言ってるだろ。俺はどこかの好奇心旺盛な子供とは違うんだ。おまえも劇団に入り浸ってないで、やるべきことをやれよな」

「ええ？」こちらを向いたテトノの口元は、変な形に歪んでいる。「潔いなぁ。あんなに楽しそうに稽古してたのに」

「夏が過ぎた。コンテストは終わった。ミィさんは引退した。無駄なことをやるより、さっさと進級してまともな大人になるほうが、親孝行だ」

「そうだねぇ。遊んでる場合じゃないって、親父にも言われた。遊んでないけどね」

「学生の本業は勉学だろ」

「ぐわ」呻《うめ》き声をあげて、テトノは左胸を押さえた。「同級生からの説教が、いちばん効く」

「同級生じゃなくて、同い年の上級生な」

「ぐわあ」

妹のことが大好きなくせに、『劇団みずうみ』に入り浸って放課後を潰し、体調の悪い祖母と多忙な父親を持つくせに、留年して学生生活を延期している。ちぐはぐなやつだ。ここ一年くらいで、元々酷かった怠け癖が確実に悪化している。数年前までは、文句を垂れながらも課題をこなしてギリギリで締め切りを守るやつだったのに。

「でもさ、やっぱり、手作りには力があるって、思うんだよね」

テトノの言葉に、俺は立ち止まった。後方から笑い声が近づいてきて、上級生の集団が俺を呑み込み、通り過ぎた。

「そう思わねぇ？」テトノも俺の隣で立ち止まっていた。丸い顔が俺を向いている。「コンテストでは、こき下ろされたけどさ」

　まだこだわっていたのか。当の本人であるミィさんが、すっぱり諦めたというのに。

「それ、『劇団みずうみ』で棒に振った一年に理由付けしたいだけだろ」

「それもあるけど」

「おまえも演劇業界を目指すのか？」

「そうじゃないけど、でも、やりたいから」

「何を」

「手作りの演劇。手作りには、それ相応の背景があるだろ？　手間暇をかける理由がさ。意図とか動機とか、施された工夫を考察すると、やっぱり手作りっていいな、って思うんだよね。機械には存在しないプロセスじゃん？」

──人はきっと芸術を、それが作られた経緯ごと愛するんだよ。

　俺は言っている。「心なんて曖昧なものは、感じる側の問題だ」テトノのへらりとした笑みが、無性に引っ掛かる。「俺のテーマソング、ミィさんだって、劇団の人だって、褒めてただろ。歌詞以外は機械で作ったのに」

　テトノの目が泳いだ。「うん……」

「あのな、俺はもう、進路について考えてるんだ。モラトリアムは終わったの。おまえも、ほんと、そろそろ現実見たほうがいいぞ」

「でも、やりたいから。そういうものだろ？　やりたいことって。将来とか、役に立つとか、関係ないよ」

頭痛がした。盾にできる理由と強固なやりたいことがあれば、それにしがみついて、大人になることから逃げていいのか？　そんなわけがない。世のなか甘くないんだ。いい加減にしろよ。そう思っても口に出さなかったのは、これ以上続けても不毛だと、冷ややかな自分が告げたからだ。分かり合えない人間が、この世には存在する。

テトノの大きな掌が、俺の肩を叩く。「そういうわけで、ルウシュくん、これからスタジオに行かねえ？」

「行けるわけないだろ」

俺は改札を通る。振り返ると、別のホームへ向かうテトノの背中がある。その背中は、明るい通路を遠ざかっていく。相対的に、自分が低く、暗く、小さくなる。


テトノの予想通り、『劇団みずうみ』の打ち上げは取りやめ、学校は秋の暮れまで休校になり、文化祭も中止となった。代わりに冬期休暇と春期休暇を削って授業日を増やし、進級テストの日程も後ろにずらすそうだ。文化祭の中止を受けて項垂《うなだ》れたクラスは、夏期休暇の飛び地が生まれた知らせを受けて、喜びで騒然となった。担任はそれをすぐに諌め、テキストを配り、各自進めておくように、とのお達しを出した。果たしてクラスメイトの何割が真面目に取り組むのか。企業の内定は出揃った頃だが、公務員試験はもうすぐだ。学校の課題を解いている場合じゃない。少なくとも俺は、適当にこなしつつ、気象予報士の国家試験の勉強に比重を置くつもりだ。試験日は来年の春。うかうかしていられない。

帰り際、職員室前の廊下にテトノがいた。先生と話していた。何かを言われたテトノは、俯き、何度も頷いてから、足早に立ち去る。取り残された先生は大きな溜息を吐いて、片手に持っていた水筒で肩を叩き、俺に気がついた。「どうも」

「どうも」去年の担任だ。「テトノ、何かあったんですか？」

「ああ、ルウシュさんは彼と親しかったかな」

「腐れ縁ですけど、まあ、そこそこ」

渋い言葉を知ってるね、と前担任は笑う。「家のことが忙しくて、課題が終わらなかったそうです。何か聞いていませんか？」

「特には。けどあいつ、『劇団みずうみ』の活動には行ってると思いますけどね」

「そうなんですよね。どうしたものか。このままじゃいけないことは、本人もわかってるんだろうけど」

「わかってたら、ずるずる遊ばないと思いますけど」俺は先手を打つ。「俺から説得とかは無理ですよ」

「頼みませんよ。どうして生徒に生徒を任せるの。そういうのは、大人の仕事」

前担任は、先生らしくない。現実主義者で、職員会議の愚痴が多くて、生徒の将来をシビアに考えてくれる。開けっ広げで親しみやすくて、包み隠さず本音を告げてくれるので、どちらかといえば、俺は好きだ。現担任はその真逆なので、好きになれない。

「生徒を導くのも、生徒の意思を尊重するのも、大変です。勉強する気がない子に教えるのは、骨が折れる」

「それ、先生が言っていいんですか？」と、昨年しょっちゅうクラスメイトが使っていた台詞を言うと、「取り繕うことでもないでしょう」と返された。

「それより、気象予報士を目指しているそうですね。評判は聞いてますよ。ルウシュくんは、去年から気象学は成績良かったですよね」

「親が気象予報士なので、自然と」

「いいことですね」

「いいことですかね」

「違うんですか？」

俺は右の口角を上げる。「違うわけじゃないですけど」

早くから進路を絞っていると、教師側も手間がかからなくて済むのだろう。先日の三者面談でも、現担任に似たようなことで褒められた。母さんは「息子の自主性に任せてるんです」と微笑み、現担任は「物事に真面目に取り組む良い生徒です」と微笑み、「日頃から落ち着いていて、息抜きも上手い。勉強をサボらず、活動的で素晴らしい」と迎合していた。ええ、ええ、と嬉しそうに相槌を打つふたりが気持ち悪かった。俺のための三者面談なのに、俺という輪郭はぼやけていた。いてもいなくても、同じ。

じゃあ、と言いかけて、先に前担任が口を開いた。「もしテトノさんと顔を合わせる機会があったら、声をかけてあげてくれますか？」

「俺には頼まないって言ってませんでした？」

「腐れ縁でしょう？　言伝くらい、頼まれてください。わからないところがあったら、わかるまで授業を受けていい。悩みは聴く。支援もする、って。学校は、積極的に家庭に介入できないから、言ってくれないと動けないんです」

「先生、あいつは刹那主義なんですよ。理由をつけて、流されて、やらなきゃいけないことを後回しにして、努力もせずやりたいことをやってるんだから、自己責任でしょ」

む、と前担任の表情が曇る。「その考え方は、よくないですね。視野を狭めます。誰もが器用に生きられるわけじゃないし、常に賢しくあれるわけじゃない。そしてすべてを見通すことは、誰にもできない。途方もないほど理解しえない物事が、この世界にはたくさん転がっている」

あなたもその対象ですよ、と水筒で肩を軽く叩かれる。「誰かにとっては、悉く理解できない人だ」

「俺が？」

「そう。だから人はつながる。対話する。助け合い、気にかけ合う。できるやつがすごい、すごいやつが偉い、偉いやつが強い、という思考は、そのうち毒になって自分に牙を剝きますよ。きみは、そういう人間ではないと、私は思っていたけれど」

わかりました、気を付けます、すみません。俺は適当に返事をして、「課題があるので」と学校をあとにした。

腹の底がそわそわしている。

家に帰る。リビングのドアを開けると、テーブルに向かって頭を抱えていた母さんが、「おかえり」と顔を上げた。目元が疲れ切っていた。

「ルウシュ、悪いけど、週末の気象台見学はキャンセルでいい？」

「わかった」

水筒を洗って自室に戻ろうとしたら、引き留められた。

「大事な話があるから、座ってくれる？」

俺は向かいに座った。

「明日に公表される情報だから、それまでは他言無用で」

「うん？」

母さんはテーブルの上にタブレットを置いて、画面をスワイプして、画像を表示した。降沙量の変遷を表したグラフだった。

淡々と説明された。気象台の観測データ。その解析結果。多くの論文。気象学者の見解。それらを総括して、告げられた。

二十年後には、世界が完全に沙の下に埋没する、と。

「何パーセントの確率で？」

「何もしなければ、百パーセント」

回避可能か否かは、これからの人類の努力次第。政府と企業と個人が、手を取り合って対処すれば、あるいは。ただ、このままいけば、世界は沙に埋まる。確実に。

「世界が沙に埋まったら、生きていけるの？」

わかりきった質問に、母さんは答えなかった。代わりに、「大量の沙をどこに集めて捨てるのか、除沙作業が追いつくのか、増える沙による災害にどう対処していくのか、エトセトラ、問題は山積み」と補足した。そうして、これから仕事だから、と家を出て行った。しばらく忙しくなると思う、なかなか話を聞いてあげられなくてごめんね、と言葉を残して。

ひとりきりのリビングで、電気を消した。

薄暗い室内。窓の外では荒れ狂う沙嵐。俺の心は凪いでいる。

明日、大地震が起こって世界が壊滅する。巨大な小惑星が衝突して大量絶滅が起こる。酸素が消える。太陽が無くなる。世界が沙に侵食される。もしそんな未来があったとしたら、俺は何をする？

何も思い浮かばなかった。

翌日、公共放送で、気象台本部による記者会見があった。スーツ姿の大人たちが並び、厳かな雰囲気のなか、長官である老齢の女性がマイクを持った。そうして、二十年後の未来予測を、落ち着いた口調で発表した。

7

会見内容は、様々な媒体で繰り返された。ラジオ、動画、回覧板、地域の連絡網、学校が発行するおたより、家に役場から人が来て、口頭で説明された。生きている人間すべてに、正しく伝わるよう工夫がされていた。当然だ。世界存続の危機なのだから。母さんは仕事柄、そういった世間の対処に追われていて、ここ数日はほとんど顔を合わせていない。本来は、広場での公的なスピーチや、公民館で集会を催す予定だったそうだ。しかし降沙量の増加を裏付けるかのように沙嵐の日々が続いたため、ほとんどの人は外出を自粛せざるを得なかった。授業もオンデマンドが続いた。自室で受ける講義は、退屈で気が散るから好きじゃない。

窓の外は薄暗い。空気が活力を失っている。世界が沙に埋まれば、人間に行き場はない。教科書は嘘つきだ。「これからの時代を作るのは、わたしたちひとりひとりです。」二十年後に終わる世界で、どうやって未来を作っていけばいいのだろう。

沙嵐は、一週間後に治まった。俺は、窓から差し込んだ陽射しで目が醒めた。外は無風。雲ひとつない青空。完全無欠の晴天だった。リビングへ行くと、母さんがソファに横たわっていた。

「だいじょうぶ?」

「うん……おはよう、ルウシュ」

朝ごはんを二人前作ると、ようやく母さんが起き上がった。「ありがとう。進路希望調査は、結局どうしたの?」

進路希望調査の提出締め切りは、世情を受けて年明けに延期されていた。クラスメイトの大半は、進路希望ではなく、就職先の最終決定票を出している。

俺は答える。「気象予報士で提出する、つもり」

「そっか。今週末、気象台に観測装置の点検が入るから、見学に来る?」

「うん」

テーブルに向かい、「おいしそう」と目を細める母さんの顔は、疲れが滲み、やつれている。俺は目を逸らして、ありあわせのサラダを食べる。

「ルウシュは、他にやりたいことはないの?」

「他?」

「何でもいいから、気になることがあったら言ってね。そっちを優先してもかまわないんだから。そりゃあもちろん、気象台で働いてくれたら嬉しいけど、ルウシュは将来の夢とか全然言葉にしないから……ルウシュ?」

「いや」と反射的に答えてしまった。「ないよ。そんな、いまさら」

「でも、こんな状況だからね。やりたいことをやらないと、後悔するかもしれないでしょ」

母さんは、俺に気象予報士になってほしいはずだ。俺もそうあるべきだと思っている。そうなるために、勉強してきた。

「俺は別に、これでいいから」

パンを平らげる。支度をして、家を出て、駅へ向かう。地下鉄に揺られる。これまでと変わらない風景が続く。行きかう人も、乗客も、電車のダイヤも、俺も、何ひとつ。

もし世界の滅亡が来年なら、もっと大混乱に陥っていたのだろうか。治安は乱れ、街は混沌に包まれ、人々は泣き叫んでいたのだろうか。そんな環境のなかでも、俺は変わらないのだろう。気象予報士の試験があるからと、勉強しているのだろう。それはすごく、弱くて、惨めで、もったいないことのように思えた。

電車が駅に近づき、スピードを落としていく。学生がドア付近へ近寄る。停車して、ドアが開く。ホームに人の流れができる。俺はそれに乗っていく。

世界の終わりは、二十年かけて、緩やかにやってくる。端からほろほろと崩れていくように、絡まっていた糸がほどけていくように、俺たちの手のなかで、酷く優しく終わっていく。沙に包まれて。

そうだ。沙が俺たちを、この街に閉じ込める。機会を奪い、立ち塞がる。真っ白で小さな乾いた沙粒が、海から陸地へ這い上がってきて、海岸から陸地を侵食して、風に煽られ街に降り注ぎ、世界を埋めていく。乾いた世界を、よりいっそう、乾かして、じわじわと終わらせていく。神様が手を叩いた瞬間に、すべてが無に帰すような、呆気ない終わり方ではなく。

資格勉強をしていて、いいのか？

世界の終わり。衝撃的なことだ。俺も大なり小なり影響を受けているはずなのだ。いままでたどってきたレールを外れるくらいの。

外れてもいいのか？　せっかくここまで積み上げてきたのに？

日の入りがどんどん前倒しになる頃合いの夕方に、ミィさんから電話があった。

「久しぶり。あれからどう？」

ミィさんは、弾んだ口調だった。いまは就職先の内定式や研修で忙しい時期だろうに。「どうしたんですか？」

「実はひとつ報告があって。あのね、『劇団ネオ』の入団試験に合格しまして」

「は」

受話器を落としそうになる。「なんて？」

「『劇団ネオ』に入団します」

「なんで、また」

「いろいろ思い直してね。やっぱり悔しいな、って。改善の余地があるってことは、伸びしろがあるってことだと自分に言い聞かせまして」

照れ笑いで付け足されるが、俺は情報を処理するので手一杯だ。

「他の劇団も考えたけど、どうしてもリアさんを見返したかったから、先月頭の『劇団ネオ』の入団試験を受けたの」

「え、でも、就活は」

「やらなかったよ。入団試験に落ちたら、すっぱり諦めて、企業採用を目指す……ってことにしておいた」

「それ、そんな、学校や親は」

「反対半分、応援半分って感じ。大胆だよね、我ながら。でも結果で判断してほしいって説き伏せて、一本書き上げて脚本部門に送ったら、合格した」

「書き上げた？」

「うん。完全オリジナルの、手作りの新作。結果が出るまでは、黙ってたんだ。みんなを振り回したくなかったから。ごめんね」

じゃあ、ミィさんは、来年度から、『劇団ネオ』で演劇を作るわけだ。一度遠ざけた夢を、断念しかけた将来を、再び目指して、摑み取って、斜陽の業界に飛び込むのだ。沙に埋まるかもしれない世界で。

空気を呑む。「いえ、そんな」乾いた唇を舐める。口のなかも乾いているから、潤った気がしない。「おめでとうございます」

「ありがとう。ルウシュくんのおかげだよ。『劇団ネオ』のコンテストに参加できたのは、ルウシュくんがあの台本に詩を与えてくれたから。テーマソングの歌詞も考えてくれた。わたしの挑戦を支えてくれた」

「そんな。俺は、全然」心底めでたいと思っているはずなのに、素直に喜べない。「最後は、ミィさんの実力でしょ」

「刺激を受けたのは本当だよ。脚本家のヤゴさん、憶えてる？」

「え、ああ」憶えている。優しそうな雰囲気の劇団員だ。

「合格発表のときに電話口でね、ルウシュくんの詩がとてもよかったって。詩作を続けてほしいって、仰ってたよ」

ごくり、と喉が鳴った。ええ、ほんとですか。掠れた声が出た。

「ほんとほんと。嬉しいよ。わたしもルウシュくんの詩、センスが良くて好きだから」

ははは、ありがとうございます。

「コネンさんも、シバラバさんも、コンテストでたくさんの原石を見つけて嬉しかった、ってさ。演劇業界も捨てたもんじゃない。未来は明るいって」

そうなんですか。それは、よかったですね。応援、してます。頑張ってください。

「ありがとう。またそのときは、観客として招待させてね」

はい、ぜひ。

電話を切る。

自室に戻る。

椅子に座る。

デスクの上の、進路希望調査の空欄を眺める。

気象予報士。予定調和を書き込めばいいはずだ。そのはずなのに、邪《よこしま》な感情がぽつぽつと湧き出て、ペンを執るのが億劫になる。

そっちは楽しそう。こっちは楽しくない。そっちは明るい。こっちは暗い。そっちは潤っている。こっちは乾いている。そう見えるだけ。思い込んでいるだけ。隣の芝が青いだけ。どこか惨めに感じているだけ。羨むことはない。これ以上、考えるな。

目を閉じる。

ああいいな、俺もそうやって、生きてみたい。でも俺には、そうやって生きるための燃料がない。進みたい道も、目指したい場所もない。なんとなく目標にしてきた気象予報士になるために、なんとなく勉強を続けている。

週末になった。気象台で装置点検の見学をした。気象予報士志望の学生が、他にも数名いた。翌週には防風林の清掃作業があって、休日明けには期末テストが待っていた。世界の終わりを予報されても、通常運行が精神衛生的に良いだろう、と教育現場は判断したようだった。テストの点はやや下がったが、母さんは何も言わなかった。俺も気にしなかった。

沙の堆積量に関するデータが追加で公開されて、世間を騒がせた。十五年後には、ほとんどのオアシスが沙に埋まるらしい。そこで政府は十年がかりで首都のオアシスの底を掘削して、利用可能な水量を増やす計画を発表した。また沙堤防の拡張工事を行い、街全体を底上げして、区画整備を行って、地方からの移住民用の住居エリアを確保するとのこと。その一環で、アートストリートは潰されるそうだ。芸術は機械が作ってくれるから、作る人はいらない、という寸法だろう。それを後押しするように、機械に大型アップデートが入った。いままで生身の人間の領域だと評されていた演劇を、映像作品として作れるようになったらしい。しかも立体映像に変換も可能。そのうち『劇団』の意味合いも変わっていくはずだ。

芸術は、人の手から切り捨てられていく。それでも『劇団ネオ』は活動を継続するらしく、ミィさんも首都へ行く。

「すげぇよな、やりたいことに一生懸命な人って」

下校中の地下通路で、テトノが言う。俺は話半分で聞き流す。どちらかといえばおまえもそうだろ、と思いながら。

「年末に『劇団みずうみ』でお祝いパーティーするから、おまえも来いよ」

「いや、特別セミナーがあるから」

「つれないなぁ。じゃあ、今度『劇団みずうみ』で朗読会をするんだけど、もしルウシュが暇なら、新作書いてよ」

「新作？」

「詩の」

「無理」

「そっか」

引き留めないのか、と思う。「二十年後に世界が沙に埋まるのに、遊んでていいのか？」

そうだなぁ、とテトノは首の後ろを掻いた。それから少し黙った。俺も黙っていた。

やがて、テトノが口を開いた。

「親父の勤務先にさ、ずーっと連絡が入ってんの。沙のこととか、未来のこととか、気になる人がいっぱいいてさ、たくさん質問されるらしい。怖い思いをしてる人は、恐怖心を知識で乗り越えようとしてるんだ。除沙作業員も、一応は専門職で、この騒ぎで説明義務が課されたから、どんなに忙しくても無視できない」

ああ、と俺は相槌を打つ。

今朝のニュースで、首都での暴動騒ぎが報道されていた。青年から中年の男女数名が、友人や家族を引き連れて、役所の前で見当違いな要望を叫んだそうだ。曰く、「言い逃れはやめろ」「真実を話せ」「世界が終わるなんて嘘が通用すると思うな」。真っ当なデモも合わせれば、今月に入って五件目だ。「大人でさえ、不安とどう向き合ったらいいのかわからないんだよ」と、ニュースを聴きながら母さんが言った。「お母さんみたいな専門職が、しっかりしないとね」。気象台主催で、一般向けの説明会を準備しているそうだ。不安を抱えた一般市民が、混乱しないように、誤った知識を身に着けないように。そのせいで業務が増えて、母さんはここ一週間、残業ばかりしている。

俺は言う。「気象予報士も、除沙作業員も、説明責任のある、大事な仕事だ」

テトノはぼそぼそと吐き捨てる。「嫌な仕事だよ。罵声を浴びせかけられて、サンドバッグになってる。親父だって、終わる世界に生きてるんだ。条件は同じはずなのに、知らない誰かのケアに躍起になってんの。余裕もないくせに」

「そういう立場だからな」

ふん、とテトノは鼻を鳴らした。「世界、埋まると思う?」

「埋まる。どんな対策を講じても、いつか世界は埋没する。足掻くだけ無駄だ。タイムリミットがわかるだけ、恵まれてるよ」

「そんなものかね」

「そんなものだ。その分、やりたいことをすればいい。ミィさんやおまえみたいに。いまなら演劇だって留年だって許されるぞ。〝世界が終わるから〟っていう、最強の口実がある」

俺には、やりたいことも、好きなこともない。すべてを投げ打ってでも手に入れたい夢はないし、趣味らしい趣味もない。暑苦しい競争心も、向上心もない。ただの凡人だ。

俺だって、一生懸命になれる何かが欲しかった。好きだから、楽しいから、極めたいから、を理由に、けなされても、失敗しても、大義がなくても、突っ走ってみたかった。でも、そうなれなかった。

やりたいこと、という曖昧なものに固執して、一体何になるんだ。

「好きなだけ、好きな場所で、好きな人と、好きなことをやればいいよ。社会の役に立とうが立つまいが、自己満足を糧にしておけば安心できるんだろ。不必要なことにこだわって、廃れていく業界で、儲からない日々を生きていけばいいんだ。俺なんかと違って」

「……なるほどね」テトノは斜め下に視線を投げたまま、応えた。

駅に着く。人の流れに乗って、改札を過ぎる。

ホームには学生がたくさんいた。ぐだぐだと並んで電車を待っていた。俺たちは線路に視線を投げている。

「あーあ、気分悪いよ」

隣に並んだテトノの言い草は、沙地に石を投げ込むように軽かった。

「おまえ、嫌味を言わないと自分を保てないくらい追い込まれてるのか？　そこまでする勉強に価値があるのかよ」

カッと腹の底が熱くなった。言い返そうと横を向くと、テトノは足下をぼんやりと眺めていた。沈んだ目元だった。俺は握りこんでいた通学鞄の把手から左手をほどき、言葉を呑み込んだ。うるさいな、なんて言わなくても、俺たちは黙っている。

冬期休暇に入った。試験勉強のテキストを終わらせていく。窓の外は薄暗く、昼でも沙塵が舞っている。母さんが勧めてくれたオンデマンドの特別セミナーは、有意義だった。気象学や流体力学への理解が深まったし、広報活動や職業倫理について学ぶことができた。働いている自分のビジョンが明確になったように思う。

進路希望調査は、提出できていない。気象予報士、と書き込んではいる。その気になれば、電子メールで送信できる環境にある。

いままで歩んできた道から、逃げてはいけない。試験日まで、あと三カ月だ。これ以上、悩みたくない。失敗したくない。時間を無駄にしたくない。ぶれることなく、惑わされることなく、流されることなく、やるしかない。最終的に自分を引っ張るのは、いつだって自分だ。いまさら迷ってどうするんだ。

進路希望調査を、送信した。してしまった。しない道なんてなかっただろ。

年が明けて、冬期休暇が終わって、学校が始まった。クラスメイトたちは内定が出ているので、進級テストに向けて勉学に励んでいる。俺も黙々とテキストを進める。気象予報士の国家試験は、例年より実施日の遅い進級テストが終わって、春期休暇に入った直後だ。受験の二週間後に結果発表があり、合格なら、俺は来年度から研修生兼、最終学年になる。

進級テストは余程のことが無い限り落ちないが、気象予報士試験は違う。一発で合格したい。合格しなくちゃ。合格するはずだ。これでいい。この道でいい。間違っていない。正しいはずなのに、不安が滲み出す。じわじわと足下に広がっていく。本当に、と尋ねる自分がいる。何を疑っているのかわからない。同じところをぐるぐる回っている。一歩踏み出すごとに沈んでいく足。進んでも進んでも変わらない景色。まるで沙丘を歩いているみたいだ。

クラスメイトたちはすでに内定を貰って、俺より先にいる。楽しそうにしている。俺以外のみんなは流されることなく、自分で考えた目標を掲げて、なりたい自分を目指している。やりたいことのために努力している。充足した毎日を送っている。

そう見える。

コンとテトノを見かけたのは、週末の晴れた日だった。俺は例によって、沙堤防の周辺探索に向かっていた。試験前なのでやめておこうかと思ったが、どうしても気分が晴れないので、リフレッシュしたくて出てきたのだった。

ふたりは、沙堤防近くの無人駅へ向かう電車の隅にいた。シートに腰かけて、何やらおしゃべりをしていた。車両の反対側にいた俺は、聞き慣れた声に顔を上げてテトノに気づき、びっくりして、慌てて手元のタブレットに視線を戻した。

どうしてこんなところに。一体何をしに。

「よう」

顔を上げると、テトノが、コンの手を握って、そこに立っていた。心のフットワークの軽さばかりは尊敬する。

「いつか会うだろうなと思ってた」テトノが言った。「最近、見てなかったけど」

俺が気づいていなかっただけで、いままですれ違っていたような物言いだ。「何してんだ、こんなところで」

「あそびにきたの」コンが答えた。「すなのおうちにいくの」

「どこだよ」

「沙堤防を出て南に行ったところに、秘密基地があんだよ。最近はずっとそこに行ってるの」

「沙堤防の外に？　六歳を連れて？　危ないな」

「俺たちだってまだガキだろ。おまえはトレーニング？」

「そんなところ」隣の座席に置いていた、小型のバックパックを小突く。「昔、街があったあたりまで歩いて、夜に戻ってくる予定」

「慣れたもんだ」

「きをつけるんだぞ」コンが背伸びした。「まいごになったらたいへんだぞ。みちにまよったら、うごいたらだめだぞ」

「はは、親父のマネ」

それほどまでに慈愛を湛えたテトノの目を、俺は初めて見た。ぬるくて深い、よく澄んだ湖のような眼差しだった。それが俺に向いたときには、すでに普段の目つきに切り替わっていた。

「そういえば、『劇団みずうみ』から伝言。進級テストの最終日に『スタジオ・テアトル』で慰労会するから、来ないか、って」

「俺が？」

「おまえ以外に誰が？」

「無理なのわかってるだろ」気象予報士の試験は、春期休暇に入った直後だ。慰労するには早すぎる。

電車がカーブに差し掛かり、揺れる。テトノはびくともしない。その腰にしがみついたコンも、びくともしなかった。

「あ」と俺は切り出した。「俺も、先生から伝言預かってる。えっと、理解できるまで授業受けろ、相談しろ、支援する、とかなんとか」

テトノが鼻で笑った。「それ、この前言われたよ。余計なお世話だっての」

「……だな」

視界に入ったバックパックの紐の長さが、ずれていた。調節する。「それから」と、もう一度切り出す。「この前の、詩の新作の話だけど」

「あ？　あー、あれな」

「もし時間があったら、まあ、できないこともないというか、試験が終わったら、」

「ああ、あー、いや、たぶん、俺、当分、スタジオに行けないと思うんだよね」

え、と顔を上げると、テトノが渋そうな顔で笑っていた。

「だからあの話、悪いけど、ごめん。なかったことに」

あ、そう、わかった、と俺は言った。そう言うしかなかった。

電車の速度が緩やかに下がり始めた。そろそろ目的地だった。

電車を降りて無人改札を通り、街側の防風林を抜け、沙堤防を抜けて、外側の防風林を抜け、沙丘に出たところで、じゃあ、とふたりは歩いていった。後ろ姿に、遭難するなよ、と思う。思ってから、躊躇《ためら》って、迷いながら、「あのさあ」と呼びかける。

「俺も行っていい？　気になるから」

振り返ったテトノが、手をつないだ先のコンを見遣る。

「だめ！　ないしょ！」

コンが景気よく答えた。内緒かぁ、とテトノが笑い、「悪いな」と俺に言った。

「おう」と応えた俺はそそくさと離れ、沙の斜面を下った。無性に恥ずかしかった。寂しさを感じた自分が馬鹿みたいだ。両頰を叩く。切り替えろ。

8

底冷えする真冬が過ぎ、春の兆しを感じる陽射しが沙嵐の隙間から漏れ始め、天候が荒れやすくなってきた頃、進級テストが終わった。手ごたえはない。成績はまずまずだろうが、進級できればいいのだ。赤点さえ取らなければ、満点に等しい。

放課後の教室内は、解放感でたるんでいる。クラスメイトたちに危機感はない。内定の出ている彼らにとっては、この春期休暇が最後のモラトリアムになる。遊びの約束が方々で飛び交い、渋ったり悩んだりした相手には、「じゃあせめて二十年後までには」「世界が終わる前に」「沙に埋まったら何もできないぞ」と軽薄な口調で脅しをかけ、遊びを正当化させる。二十年後のことを真剣に考えているやつは少数派だろう。いまから滅びの瞬間に思いを馳せたところで、日々のストレスが増えるだけだ。

「ルウシュさん」

通学鞄にタブレットを仕舞ったところで、声を掛けられた。顔を上げると、廊下に前担任が立っていた。手招きしている。

「テトノさんを知らないかな?」

いいえ、と俺は首を振った。「どうしたんですか?」

「今日、来てないんですよ。欠席の連絡もなくて、電話しても誰も出ないので、ルウシュさんなら何か聞いていないかと思って」

　さあ、と俺は首を傾げた。「知らないです」

「そうですか。いえ、忙しいところをすみません」

「居留守かも。進級テストをサボったわけですし、あいつ怠け癖あるから。昔から、苦手なことからすぐ逃げるし」

　ふふ、と前担任が力なく笑みを浮かべる。「そうかもしれませんね。また連絡してみます。気象予報士の試験、来週ですよね？　頑張ってくださいね」

　前担任を見送り、俺はしばらく考える。考えながら歩き出す。『スタジオ・テアトル』へ向かう。

　スタジオのドアを開けると、ステージの端にミィさんが腰かけていた。

「あれ？　不参加だって、聞いてたけど」幾分血色の良い彼女が言った。

「ミィさんこそ、卒業テストは先週に終わったんじゃないですか？　いま引っ越しとかで忙しいでしょ」

「だって、みんなのこと慰労したいし」

「卒業テストの慰労も兼ねてるからな」との声に振り返れば、いじめっ子役の男子が片手にビニール袋を提げて立っていた。通行の邪魔になっている俺は、避けがてらスタジオ内に立ち入る。じき、他の団員も来るのだろう。

「そうだ、ミィさん、サブスクについて訊きたいことがあるんですけど」と、いじめっ子が通学鞄からタブレットを取り出した。「新規プランが始まったみたいですけど、引き続き、このプランでいいですかね？」

「そうだね。内容的にも、こっちの方がサークル活動に合ってると思う。わたしも活動費のことで気になることが……」

なんとなく、彼がいまの『劇団みずうみ』の座長をしているのだと察した。

「今日って、テトノは？」

ドア付近で突っ立ったままの俺の質問に、ふたりは顔を見合わせた。

「欠席だよね？」

「行けないって聞いてますけど」

「そうですか。いえ、ちょっと気になっただけです。じゃあ、俺も用事があるので、すみません」

スタジオを後にする。なんだ、元から他の予定が入っている日だったのか。なら進級テストも無断欠席のサボりじゃないか。二度目の留年は親父とおばあちゃんの堪忍袋の緒が切れるんじゃなかったのかよ。

狭いコンクリートの階段を上っている最中に、背後から呼び止められた。

ミィさんだった。

「急いでるところ、ごめん。ちょっと伝えておきたくて。『劇団ネオ』から伝言を預かってる。もしルウシュくんが良ければ、詩のデータを送ってもらえないか、って」

「え？」半身で振り返っていた俺は、ミィさんに向き直った。「詩？」

「いま、機械を一切使わない公演が企画されてるらしくてね。リアさんとシバラバさんの提案で、わたしも新人だけど、関わる予定。そこでヤゴさんが詩を収集してるらしくて」

「収集？　集めてるってことですか？」

「幅広い年代の、プロとアマチュアが手作りした詩を使いながら、エチュードをするんだってさ」

「エチュードって、あれですよね、アドリブばかりのやつ。詩を使って？」

「どんな舞台になるのか想像つかないけど、きっと素敵なものになると思う。そこにルウシュくんの詩が混ざったら、さらに素敵なものになるだろうなって、わたしも思うから」

地下通路の明かりを、俺の身体が遮って、その形に切り取られた曖昧な輪郭の影が、ミィさんに落ちている。それでも彼女の笑みは、太陽みたいに眩しい。

「あの、俺の、詩」と、俺の口が動く。「そんなに、いいんですか？」

「センスあると思うよ」

「本当に？」

「ここまで来て、嘘を言うと思う？」

言わないだろう。

「手作りには力があるはずだって、わたしはまだ、思ってるよ。だから、試験勉強が終わって、ルウシュくんに時間があって、『劇団ネオ』の企画に参加できそうなら、ここに連絡してほしい」

数段上ってきた彼女から渡されたのは、折り畳まれた紙だ。開くと、ミィさんの連絡先と、『劇団ネオ』の営業部・企画部の連絡先が書かれていた。ヤゴさんの名刺もクリップで留められている。

「じゃあ、伝えたから。勉強、頑張ってね」

手を振りながら階段を下りて、彼女はスタジオに戻っていった。薄暗い階段に取り残された俺は、手元の白い紙を見遣った。それは背後から差し込んだ明かりを反射して、浮き上がって見えた。

帰宅した。母さんはいなかった。自室に入り、電気を点けた。荷物を片す。ポケットから紙を取り出して、広げ、デスク傍のスチール棚の柱に、磁石で留めた。迷ってから、紙を裏返す。文字と名刺が、視界に入らないように。


修了式が終わり、春期休暇に入った。進級テストは合格していた。あとは気象予報士の試験を乗り越えるだけだ。母さんは相変わらずドタバタしているが、ようやく落ち着いてきたらしく、帰宅時間が定時に近づいてきた。

人間が対処すべき問題を列挙し、議論して、意見を述べ、逐一報道する。そんな沙一色だったニュースにも、別の話題が混ざり始めた。デモは続いているが、暴動は落ち着いてきたらしい。これからを象徴するかのように沙嵐の日々は続き、その晴れ間を縫って、世間はゆっくりと動いている。

勉強の息抜きに、大きめのバックパックを用意して、キャンプの準備を始めた。気象予報士の試験が終わったら、沙丘で一泊しようと思ったのだ。沙地の散歩にも慣れてきたし、研修のアドバンテージにもなる。ランタンに、レーションに、防寒着。ナイフ。救急セット。ＧＰＳ受信機。シュラフ。ケトル。小型携帯端末。ゴーグル。その他、細々とした小物。これくらいあれば充分だろう。

「ルウシュは、本当に、やりたいことないの？」

食卓で、母さんが尋ねた。

「将来という意味なら、ないよ」俺は答える。「趣味とかも、特にないし」

母さんの料理は、相変わらず見栄えが良くて、味は平凡だ。きっと俺が作っても、誰が作っても、こんな味になる。可もなく不可もなければ、それで充分だ。

「試験、明後日だね」

「うん」

「会場まで送ろうか？」

「ひとりで行ける」

翌朝、母さんは忙しなく出勤していった。予報では、夕方から風が吹き始め、視程が下がり、天候は荒れる見込みだった。こんな日は大人しく勉強するに限る。試験の前日なのだ。これまでの基礎をさらって、読み込んだ教科書を斜め読みして、明日の動きを脳内でシミュレートして、会場までの道のりを再確認しておく。

試験は二日間ある。初日は筆記試験なので、勉強の成果は明日に出し切る。八割取れたらい い。最低ラインだろうと、合格は合格だ。二日目の実技試験と面接に進んで、レールの上を外れることなく、俺は気象予報士になる。積み上げてきた勉強時間を、無に帰するわけにはいかない。これでいい。間違っていない。

体調を万全に、普段通りの昼食を済ませて、勉強以外の情報をシャットアウトして、心穏やかに過ごそう。特別なことは何もしない。

陽が傾き始めた。窓の外が、緩やかに日の入りの準備を始める。遠くの建物の輪郭がぼやけているのは、沙塵が舞っているからだ。

悪天候は、明日の午前中に一時治まる予報だった。予報が外れても、試験に支障は出ないだろう。最悪、地下鉄を乗り換えて行けばいい。しかし試験に合わせて悪天候が和らぐなんて、まさに天恵だ。

夕食の準備をしていると、廊下の電話が鳴った。たぶん母さんだ。帰宅が遅れるのかもしれない。手を洗って、薄暗い廊下に出て受話器を取った。

「はい」

「ああ、あの、ルウシュあのさ」テトノだった。「コン、そっち、行ってないか?」

なんだって、と俺は尋ね返した。「どうした?」

「いや、コンがそっちに行ったりしてないかなと思ってさ」声が上ずっている。

俺は受話器を両手で持ち、廊下の先の玄関を一瞥した。ドアは静まり返っている。

「コンは俺の家を知らないと思うけど」

「あ、ああ、そうか、そうだよな。いやそうだ。何してんだ俺」乾いた笑いが続く。「ごめんなんでもない。じゃあ急いでるから、ごめん」声が遠ざかる。

俺は咄嗟《とっさ》に引き止めた。「何があったんだ」

「何もないよ」

「そんなわけないだろ」

しばらくの沈黙の後、は、と電話口で息が吐かれた。

「家に、いないんだ。帰って、こない」

苦しそうだった。

「今日、俺、『劇団みずうみ』に顔出してて、最近行けてなかったから、それでコンがひとりで留守番してて、親父は仕事だし、ばあちゃんも入院で、俺、ほんとは家にいなくちゃいけなかったんだけど、でも、」

一拍置かれ、空気と声の閊《つか》える音がした。

「それで、家に帰ってきたらいなくて、遊びに行ってるんだと思ったんだけど、友達の家にもいないし、まだ帰ってきてなくて」声が滲んでいく。「いろんなところ、電話かけたんだけど、どこにもいなくて」

俺は顔を上げる。開け放ったリビングのドアの向こう、ベランダのガラス戸の外、天候はさっきより悪くなっている。

「思い当たる場所は？　見舞いに行ってるかもしれないだろ。病院に電話は？」

「したよ。受付の人に訊いたけど、来てないって」

「じゃあ、お父さんのところ？」

「職場には来てないって」

「他に心当たりは？」

「全部かけたよ！」

反射的に受話器を遠ざけた。

ゆっくり戻した。

また沈黙が訪れた。

コツ、コツと、電話台を叩いているのは俺の爪だ。右手の中指が、俺の気を急かしている。

「ほんとに、ないんだな？　警察に連絡は？」

「あ、いや、ごめん、ただ、」テトノは息切れしている。「ひとつ、ある、けど、でも、そうだとしたら」

「どこ？」

「外。沙堤防の」

「……六歳が？」

「体力的には、余裕だと思う。ひとりで行かないよう言い聞かせてるけど、でも、コンは約束を破ったりしないし、俺を困らせるようなことしないから、けど、そうだよな、たぶん、違うんだ、そうじゃなかったらいいなと思って、俺」

ガタン、と電話口から音がする。

「ありがとう。急に電話してごめん」

通話が終わる気配を、俺は声量と勢いで押しのけた。「沙堤防の駅に集合な。作業用のズボンに防塵加工のアウターと、防塵マスクとゴーグル持って来いよ。靴は任せる」

電話を切ってから、激しい後悔に襲われた。どうするんだ。明日は気象予報士の試験だぞ。いままでの勉強の成果を発揮する、一世一代の、将来を決める重要な日なのに、俺は何をしているんだ。レスキュー隊に任せておけばいい。俺が行く必要ないだろ。理性が警鐘を鳴らしている。迷いながらも、キッチンに戻り、作りかけの煮込み料理を中断する。母さんへ書き置きをして、着替えて、キャンプ用のバックパックを摑む。部屋の電気を消す。サンダルを履いて家を出る。外廊下の壁に嵌め込まれた窓ガラスの向こうは、掠れて仄かに暗く、オレンジがかっている。階段を駆け下りる。

そうして俺は、沙堤防の駅に来ていた。

テトノは先に到着していたらしく、下車した俺に駆け寄ってきた。ゴーグルと防塵マスクを装着して、分厚いアウターを着こんでいた。季節は春だが、日が暮れると沙丘上の気温はぐんと下がる。無人の車内で同様の装備をしていた俺は、歩き出した。改札を抜けて、防風林に入ると、沙嵐がややマシになる。

「ごめんルウシュ、ほんとごめん」背後から泣きそうな声がする。「電話して、ほんと俺、ごめん」

マスク越しの滲んだ謝罪に、俺は「いいから」と返す。「気にすんな」そして呟く。身体のなかになじませるように。

「いいんだ」

沙堤防に着く。通路を駆け足で通り抜け、外側の防風林も抜けて沙丘に出た瞬間、風がさらに強さを増した。空気の塊が真っ向から上半身を押しのけてくるので、危うく仰《の》け反《ぞ》りかける。辺りは一面、沙に包まれていて薄暗く、汚れた赤色に染まっていた。石英の粒が吹き荒れて、ゴーグルのグラスと額と手の甲をしきりに打つ。

テトノが前に出た。体軀のおかげか、俺より安定しているように見えた。手招きをして、少しずつ進み始める。その姿はすぐに霞がかった。日没まで猶予がない。重心を低くして、流れる沙のなかを、俺も歩き出す。

内緒の場所へ。

9

どこを歩いているのかさっぱりわからなかったので、ストラップに提げていた小型GPS受信機は大いに役に立った。加えてテトノは、迷いのない足取りで沙丘を進み続けた。その背中は、普段の態度からは想像できないほど頼もしい。方向を憶えてしまうくらい、何度も足を運んでいるのだろう。

そうして突如、背の低い木々が目の前にぬっと立ち上がった。それは小さな防風林だった。なかに入ると風が幾分か治まったように感じられて、ようやく一息吐く。

周囲はもう暗い。ランタンを取り出そうとした矢先、テトノが駆け出した。

「おい！」慌てて後を追う。

防風林の先には、開けた空間があった。地面は変わらず沙地で、建物は見当たらない。

どこからか、くぐもった歌声が聞こえた。

テトノが膝をついて、地面の沙を払いのける。追いついた俺は後ろから覗き込み、地面に木の板が埋もれかかっていることに気が付いた。それをテトノがずらすと、人ひとりが通れるくらいの穴が開いていて、歌声が大きくなった。

「コン！」

差し込んだ明かりの下で、コンが膝を抱えて、俺たちを見上げていた。大きな目がぱちくりと瞬いて、その顔がゆっくりと歪み、唇がひしゃげ、目が糸のように細くなり、口が大きく開いた。

泣き出したのだった。

穴には木製のはしごがかかっていた。それを、テトノは慣れた様子で下りていく。コンが立ち上がって、着地したテトノに抱き着き、大声で謝った。何度も謝った。両膝をついたテトノも、強く抱きしめ返した。コンの体がすっぽり隠れた。幼い泣き声がこだましている。兄の肩も震えている。

再会を上から見届けた俺は、ランタンを取り出して、慎重にはしごを下りた。はしごはびくともしなかった。沙地に着地する。

ランタンを掲げて見回すと、内装は普通の家のようだった。地下室。いや、正しくは、沙に埋まった廃墟だ。壁に木の板が打ち付けられている。窓を塞いでいるのだ。地下室に窓は必要ない。それは床に積もった沙のせいで、いまや大きな地窓になっている。家具らしい物はひとつもないが、部屋の隅には大量の木箱が積まれ、並んでいた。壁や柱の随所には、コンクリートで補強された跡がある。見たところ、沙の荷重に耐えうるための措置だろう。つまり、沙に埋もれる直前に、施されたのだ。何のために?

ひとまず、崩壊の危険性はなさそうだ。ゴーグルと防塵マスクを外した。バックパックを下ろして、アウターの沙を払う。

ランタンを部屋の中央に置くと、テトノが顔を上げた。コンを抱いたまま、片手で曇ったゴーグルを外し、目元を強く擦った。充血した目で俺を見上げた。

「ありがとう」

俺は肩をすくめた。「よかったな」

「うん」

「ほんと、よかった」

「うん。うん……」

しゃくりあげたコンは、テトノの腕のなかで、腫れぼったい目を擦った。「ごめんなさい」

「ううん、にいちゃんこそ、ごめんな」

「あのね、コンね、おとうさんにあいたかったの。おうたも、うたいたかったの。でもね、おそとがね、かぜがびゅうってなってきてね」ぼやぼやした口調だった。

防塵マスクを外し、鼻をすったテトノは苦笑した。「お父さんは、今日は事務所で待機してるよ。当直なの」

「そうなの?」

「そうなの。ごめん、ひとりにして。寂しかったよな」

「……うん」

大きな手が、コンの背中を優しく叩く。トン、トン、トンと、一定のリズムで。

兄にしがみついたまま、コンは動かなくなった。全体重がテトノにかかっているように見える。

俺は小声で尋ねた。「寝た?」

「寝た」安堵しきった小声が返ってきた。「重いなぁ」

シュラフを出して、その上にコンを横たえた。ランタンのぼんやりとした明かりが、コンの小さな顔に影を作っている。テトノのコートを毛布代わりにすやすやと熟睡して、寝返りを打つ様子もない。

天井の穴から覗く空は真っ暗で、風の音や木々のざわめきが心を波立たせた。蓋代わりの木の板を穴に被せて、完全に塞ぐのもどうかと思い、少しだけずらして開けておく。

これから街へ戻るには、危険な風速だ。ここで一晩明かすしかなかった。元よりそのつもりで、母さんへの書き置きは「明日の朝には戻ります」にしている。テトノから電話を受け、準備している最中に、夕方のニュースで見た天気図が脳裏をよぎった。その配置から、今日中に沙堤防の内側へ戻ることは不可能だと悟ったのだ。

「ここ、何？」

レーションを半分渡して小声で尋ねると、テトノは「なんだろうな」と言って受け取った。

「俺も正直、わからない。去年のいま頃に、コンが親父に会いたいって言って聞かなかったから、沙処理場まで歩いたんだ。その途中に見つけた」

手頃な防風林があったので立ち寄ったところ、コンが奥へ探検に向かい、木々の生えていない不自然な空間に出くわした。そして地面の木の板と、人工的な地下空間に気づいたそうだ。

「結局その日は、ここで遊び惚《ほう》けて満足したよ。それ以来、秘密基地みたいに使ってる。はじめは元からあった」

そこの箱、と、壁際に積まれた大量の木箱を、テトノが顎で示した。「中身は音楽なんだ」

「音楽？」

「いいから見てみろ」

木箱の蓋を開けると、ガラスケースが並んでいた。ひとつ取り出してみれば、ケースのなかには白い四角形の分厚い紙が挟まっている。その紙の端には、数字が書かれている。テトノが俺からそれを受け取って、ガラスケースを開けた。そしてその厚紙の隙間から、円形の内袋を取り出した。ガラスケースのなかの厚紙のなかの内袋。何やら厳重だ。

内袋のなかには、黒色の円盤が入っていた。掌からはみ出るくらいの直径だ。

「レコード盤。音を記録する媒体。大沙嵐より以前の代物らしい。博物館で調べた」

「いつかにコンが言ってたやつか」

「そっちの箱には、プレーヤーが入ってる。俺が持ち込んだ。トランクケース型のやつね」

確かに、別の木箱には古めかしいトランクケースがあった。取り出して開けると、円状の台と棒がある。ケースの蓋には、博物館所蔵品と印刷されたシールが貼ってあった。

「貸出申請したら、貰った。倉庫を縮小するらしくて、それのついでで。電池で動くやつ。その上の台にレコード盤を置いて、外側に針を載せて、ここのスイッチを押すと、音が鳴る。初めて聴くと感動するぜ」

「これのどこらへんに音楽が記録されてるんだ？」

「この円盤の、この溝らしい。だから傷がつかないよう、黒い部分は触っちゃいけない」

円盤の中央には穴が開いていて、穴の縁に沿って、ドーナツ型のシールが貼られている。そこにペンで数字が円状に書き込まれていた。先程の厚紙の端に書かれていたものと、同じだ。

「これは日付？」

「だと思う」

六十年くらい前の日付だ。他のガラスケースを取り出すと、同じく厚紙に日付が記入されている。こちらは約五十年前のもの。もう一方は約七十年前。同じ箱に入っているのに、規則性がない。コンとテトノが適当に片づけたのか、最初からこうなのか。

木箱の数は、目算で二十個前後。ひとつの箱に、ガラスケースは十枚入っている。概算すると、この空間には二百枚前後のレコード盤があるわけだ。

「一枚に一曲収録されてるっぽい」テトノが言った。「再生すると、最初に題名が読み上げられる。それから楽器の音が入って、歌が始まる。声質は、若かったり、老いてたりするけど、たぶん同じ人。録音した日をカバーとラベルに書いてるんだと思う。ここはレコード盤の保管所なのかも」

「勝手に使っていいのか？　場所とか、レコード盤とか」

「さあ。でも、誰かに鉢合わせたことないし、人が過ごしてる感じもないし、箱も開けられた形跡がなかったから、持ち主はもういないんじゃないか？」

テトノは周囲を見回した。

「家っぽいけど、トイレとかベッドとかも見当たらないから、元々は作業小屋か地下倉庫だよ。昔は南に街があったからさ」

そこに住んでいた人のものってことか。

「これね、どれも、すげぇいい歌なんだ」

染み入るような口調だった。レコード盤を見つめる彼の顔を、カンテラの明かりが照らしている。その様は、やっぱりコンに似ている。

「手作りの音楽だよ、きっと。自分で作って、自分で歌って、自分で残したんだ。そんな気がする。機械で作ったような、整った言葉と音じゃない。いい意味で、下手なんだ。自分のなかにあるものを、音で表現しようとしてる」

そっちの曲はさ、と、出したレコード盤を片付けながら、五十三年前の春の日付が書かれた厚紙を、テトノが顎で示す。「窮屈な日々のことを歌った曲なんだ。普通の歌詞だし、曲調もありきたりだけど、胸に来る。自分と同じような苦しみを味わった人がいたんだって、そう思える。作品の先に人がいると思えるのは、手作りの力だよな。だから俺は、手作りで頑張ってるミィさんのことも、応援しちゃう」

「手作り、ね」

その保証は、どこにもないはずだ。機械が作ったものかもしれない。

いや、作成された年代がわかれば、そうとも限らないのか。機械が作品を生成し始めたのは、ここ五、六十年くらいの話だ。

俺はミネラルウォーターを二本バックパックから取り出して、片方をテトノに渡し、もう片方を開けた。喉を潤して、キャップを締め、ランタンの傍に置き、立ち上がる。積まれていた木箱を、そっと下ろす。

「何してんの?」

「日付順に並べ直す。気持ち悪いから」

「はい?」一瞬声を裏返したテトノは、「いまから? マジ?」と潜め、「ああ、いや……」と諦めた。「ルウシュらしいけども」

木箱は、どれも薄く沙を被っていた。音を立てないように払って、開けていくと、ガラスケースが整然と並んでいる。取り出してみれば、やはり日付はバラバラだ。詰めた人が大雑把な性格なのか、時間がなかったのか。人里離れた地下倉庫で、手作りの音楽を保管する意味ってなんだろう。

「話してても、いい?」テトノが掠れた声で尋ねた。俺は手を止めてテトノを向くが、「作業しながらでいいから」と言われる。

「ここ数年、親父は忙しくて、ばあちゃんは体調悪いから、俺がコンの面倒を見ることが、多いのね。それで、俺は、コンのことが、大好きなの」

「見てればわかる」

「でも、一昨年の年明けくらいから、それがしんどく感じるようになってさ。俺はマジで、コンが大事で、守ってやりたい。でも、家でコンの面倒を見てると、勉強がどんどん手に付かなくなって、成績も悪くなるし、授業中は眠いし、散々なわけよ」

「うん」

「ただ、『劇団みずうみ』の活動はできるんだ。あそこが俺の息抜きの場所だった。俺の、オアシスだったんだ」

「うん」俺は作業の手を止め、テトノを横目で見遣る。テトノは胡坐をかいて、俯いて、もぞもぞと口を動かしている。分厚い唇から、ぽつぽつと言葉が連なっていく。

「『劇団みずうみ』に行きながらさ、俺はなんて薄情なんだろう、って思ってた。親父もばあちゃんも大変なのに、俺は家の外で遊んでるんだぜ。小さな妹をほったらかして、演劇をやってるんだ」

「うん」俺は視線を戻し、ガラスケースを取り出していく。ガラスケースは、ランタンの淡い明かりを薄く反射している。

「ルウシュはいつか俺に、やるべきことをやれって言ったけど、本当にその通りなんだ。俺は遊んでる場合じゃないのに、しなくちゃいけないことがたくさんあるのに、授業も進級テストもサボって、先生からも逃げてしまう」

「その代わり、やりたいことをやる根性がある」

テトノの視線を感じた。俺は厚紙の日付を見て、仕分けしながら続ける。

「やりたいことがない俺には、それがすごく、羨ましい。俺は受け身で趣味もないし、一生懸命になれることもない。これで本当にいいんだろうか、って、ずっと思ってる。なんとなく流されてきたけど、勉強以外の物事に情熱を費やすべきだったんじゃないか、って。ミィさんや、テトノみたいに」

「違う。俺は、やりたいことしかできなかったんだ。そうしていないと、息苦しかった。自分を保てなかった」

「わかってる。それでも羨ましかった。必死になれることがあって、命に代えても守りたいくらいの存在がいることが、眩しかった。沙の世界で彷徨《さまよ》い続ける俺には、心に添って決断する人が妬ましくて仕方がない」

「その妬みは間違ってる。追い込まれた状態でする決断なんか、罪悪感と不安を生むだけだ。たぶん、ルウシュには、俺の悩みはわからないと思う」

「テトノにも、俺の悩みはわからないと思う」俺は作業の手を止める。「俺たちは所詮、どこまでも独りだ」

「そうだな」

「でも、相槌を打つことはできる」

テトノと目が合った。

俺は続ける。「おまえのそういうところ、尊敬してるよ」

「どういうところ？」

「正直で、自然体で、自分に甘いところ」

「それ、いいところなの？」

「俺にはそう見える」

振り返ったり、道を踏み外したり、脇目を振ったりすることが、怖かった。本当は進みたくないのに、自分の胸倉を自分で摑んで、前に引っ張って、進んでいた。そうしなくちゃいけない気がした。自由な人が羨ましかった。周囲の顔色や空気を顧みず、明確な自分を持ち、感情を直接表に出して主張する。やりたいことがあり、そのために全力を出せる。その衝動性が眩しかった。劣等感を覚えて、妬んだ。

進みたくないなら、進まなくていい。それに気づくまで、随分と遠回りをしてしまった。凡人だとか、天才だとか、やりたいこととか、やるべきこととか、それ以前に、胸倉から手を離せばいい。俺を引っ張るのが俺なら、俺を苦しめているのも俺なのだ。

いまやっと、立ち止まれた気がする。

「テトノ。話してくれてありがとう。電話してくれて、ありがとう。俺ってどうも、腐れ縁の友達の電話で飛び出しちゃうやつらしい」

ちょっと視線を外して言うと、視界の隅で、テトノの顔がゆっくりと歪んだ。肉付きの良い頬がぎゅっと寄せられ、眉根が寄って目が細くなる。

「ルウシュが来てくれて、本当によかった」

「うん」

「沙堤防の駅に行くまでの間、俺がどれだけ、おまえに励まされたか、きっとわからないだろ」

「うん」

「電車からおまえが下りてきたとき、なんて言ったらいいか、わからなくなったんだぜ。本当に感謝してるとき、人間はありがとうすら失うの」

「うん」

「本当に、ありがとう」

テトノはたぶん、俺の試験日のことなんて知らないだろう。知っていたら面と向かって謝っている。知らなくていい。

「んー……」と、コンが寝返りをうった。もぞもぞと蠢《うごめ》いていた小さな身体が落ち着いてから、テトノはずれたコートをかけなおした。愛おしい人を見つめるとき、人は、ちょっとだけ泣きそうな顔をする。

天井に空いた穴の隙間から、さらさらと白い沙が流れ落ちている。

最後の木箱を開けて、ガラスケースを取り出し、日付順に分類した。結局どの木箱も、レコード盤の日付はバラバラだった。詰めた人間の仕業らしい。

最新の日付は四十九年前。街の引っ越しの時期と重なる。一年間で録音された曲は、年によってむらがあり、三から五枚。積まれた木箱のいちばん下には、分厚いノートと、最も古いレコード盤が入っていた。その日付は、七十二年前の春。それだけ、厚紙に題名が書かれていた。特徴的な字で、一言だけ、『肺魚』と。


夜が更け、レーションと水で腹を満たした俺たちは、沙地に寝転がった。ランタンの明かりを消すと、地下倉庫のなかは真っ暗になった。おやすみ、と言って目を閉じた俺に、そうだ、と暗闇からテトノが囁いた。

「あのさ、ルウシュ。さっきからずっと考えてたんだけど」

「うん」

「やるべきことができるのも、才能のひとつだと、俺は思う。一度決めたことをちゃんとやり遂げるのって、簡単なことじゃないぞ」

「うん……」

「僻《ひが》みじゃないぜ。俺はおまえのそういうところ、ほんとにすごいと思ってるんだ」

わかってるよ、と俺は応えたが、果たしてまともな返事になっていたのか、それとも碌な声にはならず、まどろんだ頭のなかでのみ響いたのか、わからなかった。

次に目を開けたとき、仄かな明かりが浮かび上がらせた暗闇に、俺は自分の居場所を見失った。そうだ地下空間にいるんだと目を擦り、上にかけていたコートを退けて、起き上がる。背中が痛い。伸びをして見上げると、天井の隙間から光が漏れていた。GPS受信機の時計を見ると、日の出前だった。凪は治まったらしく、物音は何ひとつしなかった。

次第に目が慣れて、昨日片づけた木箱の山と、コンの隣で仰向けに寝こけているテトノが見えた。テトノは口を半開きにして、大きな腹を穏やかに上下させている。その脇で、コンはコートの下に丸まっていた。

バックパックの傍に置いていたノートを、手に取った。昨日、寝ころぶ前に捲ってみたら、中身は手記だった。序盤は言葉遣いが古すぎて読めたものではなかったが、全体の六分の五を過ぎたあたりで唐突に文面が変わった。端正な文字はバランスの悪い字に、これでもかと詰め込まれていた文字はスカスカの一言日記になった。言葉遣いも、現代に近くなっていた。『ギターを新調した。』とか、『スノワさんの団体と連絡をとった。』とか、『カッティング装置を買った。』とか、『機械の用途がどんどん変わっていく。』とか。楽曲制作についてのメモ書きもあった。『いい曲ができた。』『今回は、時間がかかった。』『気が抜けてるときにかぎって、素敵な曲ができる。』最後のページにも、同じ調子で文章が書かれていた。『いつか、誰かが、聴いてくれますように。肺魚を起こしてくれますように。』

俺にはそれが、小さな希望に見えた。

たぶん、ここにある音楽は、どれも本当に手作りなのだろう。

コートを着て、ガラスケースに入ったレコード盤『肺魚』を脇に挟み、レコードプレーヤーを片手に提げる。「俺も使いたい」と寝る前に使用方法を尋ねたら、「回転数はそのままでいいから」と言われている。テトノがあそこまで褒めていたのだ。聴きたくなるというもの。

慎重にはしごを登り、木の板をずらして顔を出すと、冷えた空気に首筋が震えた。まだ周囲は薄暗く、立ち並ぶ木々にも深い影が落ちていた。ひとまずレコード盤とプレーヤーを地面に置いて、地下から脱する。木の板を元に戻して、辺りを見回せば、木々の隙間に隘路《あいろ》が見当たった。おそらく、俺たちが通ってきた道だろう。振り返れば、背後には高い崖が聳えている。

秘密基地は山の谷間にあるらしい。

防風林を抜けると、正面には風紋の浮かび上がった沙丘が広がっている。その色は、東側ではオレンジがかり、西側は影になって青みがかっていた。

近くの沙山に登り、その頂に腰を下ろした。トランクを開けて、腿の上に水平に載せる。ガラスケースを開き、厚紙を取り出して、中身の内袋を丁寧に抜き取る。レコード盤の黒い面に触れないよう、ラベルの部分と端を支えて持つ。プレーヤーの金属部分の突起に、レコードの穴を合わせてセットする。このままでは穴が大きすぎるので、アタッチメントをレコード盤の穴に被せる。

針をレコードの端に置き、電源を入れると、レコードが回り始めた。

耳を澄ます。

すう、と、息を吸う音がした。

「『肺魚』」

柔らかい声が告げた。いまにも沙塵に溶けて消えてしまいそうな、若い女性の、弱々しい声だった。あまりのか細さに、不安になる。だいじょうぶか？

楽器の音が鳴る。何の楽器かわからない。どこかざらついた、寂し気な音だ。それが連なって、曲調が現れる。リズムを刻み、音楽になる。

また、息を吸う音がする。

歌い出し。

夜明け前の世界に、力強い歌が鳴り響いた。

驚くほど芯のある歌声だった。その先端は俺の頬をかすめ、明瞭な言葉を音に乗せて、冷たい朝の空気を切り裂いて進んだ。黎明の空の彼方まで貫くようだった。

ぶわりと鳥肌が立ち、背筋が伸びた。呼吸すら忘れた。音が、言葉が、俺を蹂躙して渦を巻き、怒濤の流れを生んで、掻き混ぜる。そこには水がある。巨大な魚がいる。泳いでいる。急流のなかを。飛沫を上げている。流れに逆らって。

ピッチが上がる。サビに入る。音が膨張して、爆発した。叫んでいる。この世界は生きづらいんだって。呼吸もままならない。喉が渇いて仕方がないって。同じことで何度も悩んで、答えが見つからなくて、迷って、そんな自分が嫌で、そう感じさせる世界が嫌だ。まるで沙地を歩いているみたいに、進んでいる気がしない。自分を疑ってしまう。これで正しいのかと、訝しんでしまう。ひとりだ。ひとり。どこまでも、ひとり。ひとりだから、見える景色がある。サビの終わり、一度音が止む。力強い声が、震えながら、切実に告げる。

それでも歩いていくと。

知っている。俺はこの感情を、知っていた。

いたんだ。俺みたいに、苦しんでいた人が。どこへ行ったらいいのかわからなくて、確信が持てず、自分を疑う人が。変わらないんだ。同じなんだ。俺ひとりの悩みじゃないんだ。生きづらかったのだ、七十二年前も。この世界には沙があって、乾いていて、ちっとも進んでいる感じがしなかった。

それでも、ひとつひとつの歌詞に、ひとつひとつの音にこだわって、頭を悩ませて、この曲を作った人がいた。何かを思い、伝えたくて、表現した人がいた。それを録音して、あの地下倉庫に残した人がいた。そういう人が、生きていた。

不安を覚えながらも、自信を抱いて歌っている。

それでも歩いていく。

この人は、歩んだのだろう。疑いながらも、自分の選んだ道を。その道は、やりたいことだったのか、やるべきことだったのか。どちらだって、かまわない。俺はずっと、やりたいことが欲しかった。やるべきことを自分に言い聞かせていた。馬鹿だな。誰に何を言われようと、どんな環境だろうと、その道を俺が選んだことに意味がある。自信があることを選ぶのではなく、選んだことに自信を持てばよかったのだ。

うねる地平線の向こうで、朝陽が零れた。白い大地が光を浴びて、一斉に輝いた。それが自然と滲んだ。滲んだほうが、視界全部がきらきら反射して、美しかった。沙はやはり、美しいのだ。

最後のサビに入る。強かな歌声が叫ぶ。大嫌いな世界を、大嫌いな沙を、踏みしめて。それでも歩いていく。それでも歩いていく。ああ、そこは違う。俺なら──終わりゆく世界を、大好きな沙を、踏みしめて。それでも──それでも、やっぱり、歩いていく。歩いていこう。やるべきことを、やろう。それが俺にできることだ。

曲がフェードアウトして、終わる。レコード盤を元あったように仕舞い、プレーヤーを畳んだ。影の濃くなった斜面を下りて、防風林の先の、木の板の下へ戻る。

テトノとコンは、まだ眠っていた。

持ち出したものを片付けて、俺はテトノの肩を軽く叩いた。声をかけると、テトノは呻きながら薄目を開けた。「ううん?」とのっそり上体を上げる。周囲を見回し、「ああ、そうか

「……」と目を擦った。「おはよ」

「おはよ。レーション置いていくから、朝ごはん代わりに食べろよ。午前中には街に戻れ。昼からまた風が出て、夜には雨だ。じゃあ俺、行くから」

「どこに?」

「用事を思い出した。一度やるって、決めたから。最後までやろうと思う」

「そう?」テトノは寝ぼけているらしい。頑張れ、とふわふわした口調で言われた。それから、「違うか」と言われた。「俺たち、もう、頑張ってるもんな」

はしごを登り、外に出る。陽は昇っている。

家に着く。チャイムを鳴らすと、ドアが勢いよく開いた。

「おかえり」

びっくりした顔の母さんがいた。「どこ行ってたの?」

「用事」

「そんな大荷物で?」

「うん」

「そう……朝ごはん、食べる?」

「食べる」

「試験はどうするの?」

「うん」

荷物を下ろして、朝食を済ませた。おいしかった。
シャワーを浴びて、着替えた。
受験票と筆記用具を鞄に詰め込み、貴重品を入れて、家を出た。

10

試験が終わってから一週間、長雨が続いた。前線が停滞し続け、そこに低気圧が接近、どんよりとした雲が空を埋め尽くして、記録的な降雨量となった。街では一部冠水したエリアもあったが、居住区はもともと治水がしっかりと行われているので、大きな被害は出なかった。それでも外出は制限された――水分を吸った沙地は、ところによって沼となり、危険なのだ――が、街の北部にある貯水槽には、普段の倍以上の雨水が溜まり、地下水も潤沢になり、いいこと尽くめだった。ニュースにも、明るい話題が増えてきた。それが良いことなのか、悪いことなのか、いまはまだわからない。「最後はバランス。何事も」と母さんが言った。俺もそうだと思った。

試験から二週間後、合格通知が届いた。そこには説明会の案内も同封されていた。通知が来た日の晩に、ミィさんに連絡して、詩作を断った。「じき研修が始まるので」と告げると、ミィさんは残念がってから、「合格おめでとう。応援してるね」と快く受け入れてくれた。俺が首都へ行くことはないし、劇団に所属することもない。この先、詩を嗜むことはあっても、本腰を入れることはないだろう。

翌日。久々に一日休暇が取れた母さんと、朝から顔を突き合わせて日程調整をしていたところ、廊下の電話が鳴った。

テトノだった。

「南の沙堤防の駅に集合な。地下倉庫がやばいから」

何がどうやばいのか、説明は一切なされなかった。つまりいつものテトノだった。俺は電話口で文句を言ったが、「じゃあ、待ってるから!」と一方的に切られ、折れざるを得なかった。

母さんに断りを入れ、急いで沙堤防の駅へ向かう。テトノと合流し、大した説明もないまま沙堤防を抜けた。南西の山を目指して沙丘を歩き、小さな防風林の狭い小径を抜けて、開けた空間に出る。

よく晴れた日だった。風もなく、心地好い春の陽射しが、白い大地と萌え始めた木々に降り注いでいた。

例の穴の傍に、コンがしゃがんでいた。

「おにいちゃん、ほんとによんだの? おともだちに、めいわくかけちゃだめなんだよ」

「いいんだ、こいつは腐れ縁のおともだち、だから。ほらルウシュ、見たらわかる。見たほうが早い」

仕方なくコンの隣にしゃがみ、暗い穴を覗く。テトノが俺の横に膝をついて、ライトでなかを照らした。

はしごの先が、途中で曲がっていた。

違う。光の屈折だ。はしごの先は、凪いだ水面に続いていた。地下室が貯水槽になっている。

「なんだ、これ。いつから？」

「昨日久々に来たら、こうなってた。長雨のせいだろうな」

水はよく澄んでいる。沙地を通って、濾過されたのだ。

ライトが隅の木箱を照らした。二段に積み上げられた木箱は、下の段は完全に水没している。上の段もやや浸かっているが、その上に置かれたプレーヤーと手記は、見たところ無事だ。

「水嵩は、昨日と変わらないな」とテトノ。

「レコードばんは、だいじょうぶなの？」とコン。

「そうだなぁ。気密性の高いガラスケースに入ってるから、無事だと思いたい」

俺は背後の山を見上げる。ここは谷だ。降った雨の集積地になりうる。しかし、あの木箱やレコード盤に、濡れた形跡は無かった。おそらく初の冠水だろう。記録的豪雨とはすさまじい。

「これだけの水量、どこから流れ込んできたんだろう。地面に穴でも開いてたのかな」と俺。

「そうかもな」とテトノ。「ここ、ずっと昔は海か川だったんじゃないか？」

「そんなわけないだろ。あったとしても池だ」

「いけだ」真似して言ったコンが、俺越しにテトノを見上げる。「おうたは、もうきけない？」

「うーん。水が引くまで待つのが賢明だけど、プレーヤーだけでも救出しておくか。コンはここで待ってるんだぞ」

ズボンの裾を捲り、ライトを片手に、テトノははしごを下りていく。「冷てぇ」と声が響いた。

水嵩は膝上らしく、テトノが歩くと、緩やかな波が立ち、白い沙が水底で舞った。俺も行こうかと迷ったが、隣でコンがうずうずしているのを見てやめた。ここで俺まで行けば、ずるいだのなんだのとわめいて下りかねない。

トランクケース型のプレーヤーと手記を抱え、テトノが戻ってくる。俺は身を乗り出してそれらを受け取った。コンが手を伸ばし、背伸びしたテトノからライトを受け取って、はしごを照らす。「のぼりやすいでしょ？」

「ありがとう。さすがコンだ」

手記に濡れた様子はなかった。プレーヤーも、蓋を開けてみるが、水気はない。

上ってきたテトノはサンダルを脱いだ。濡れた脚に白い沙がついていく。

「木箱は腐りそうだ」俺がしゃがんだ状態で言うと、

「そうだな」テトノが座り、両足を投げ出した。捲り上げたズボンの裾の色が濃くなっている。「レコード盤をここに保管しておくのは、危ないな。博物館にでも持っていくか」

「もっていくの？　ぜんぶ？」テトノの隣に、コンが真似をして座る。「けっこうおもいよ？」

「ちょっとずつ、小分けにすれば、いけないこともない、かも」

「たいへんそう」

「もしくは、博物館の人に知らせるとか。そしたら車で回収しに来てくれるかもしれない。全部お任せすれば、機械のデータベースにも登録されるはずだぞ。あれは芸術作品の保管にうってつけだからな」

そうかもしれない。でも、と、俺は薄暗い地下倉庫の木箱を見遣る。

「ミィさんが、言ってたんだけど」

「うん？」

「人はきっと芸術を、それが作られた経緯ごと愛するんだよ、って」

「……経緯が、手記に書いてあったの？」とテトノ。

「そうじゃないけど、」と俺。「でも、作者の影を見た」

「影って、想像だろ？」

「想像だとしても、この曲が手作りであることに、変わりはないだろ。それは、作者が存在してたってことだ」

このレコード盤に刻まれた音は、その歌詞も、曲も、声も、歌い方も、彼女が『肺魚』を表現するためのものだ。俺のためのものじゃない。〝クリエイター〟のためのものでもない。

この作品はこの作品のまま、在ってほしかった。

「俺は、『肺魚』が作られた経緯を、もう愛してしまったから」

しばらくテトノは考え込んでいたが、まあ、と静かに言った。「パクリとオマージュは、違うからな」

「オマージュってなに？」とコン。

「大好きな作品の大好きな部分を尊重しながら、自分にしか作れないような、新しい作品を生み出すこと。すごいなぁって気持ちを忘れないのが大切」

「むずかしそう」

「難しいんだよ。——でもなルウシュ、この音楽たちはどうするんだ？　このまま放置しても、いつかは沙か水の下に埋もれて、失われたら最後、なかったことになるんだぜ。それは俺、耐えられないよ」

「ミィさんに訊いてみよう。古い楽曲の保全団体とか、あるんじゃないか？　首都は広いんだし、手作りの作品を愛してる人は、ミィさんやおまえだけじゃないと思う」

「それでこの曲が長生きするのか？」

「わからない。でも、焦らなくていい。ゆっくり探っていけば。ここだって、すぐに埋まったりはしないだろ？」

どのみち当分は忙しいから、お互い時間を見つけながら、と言うと、ふうん、たしかに、と返ってきた。

「そんなじかん、あるの？」

コンと目が合う。「だって、ぜんぶ、すなのしたに、うまっちゃうんでしょ？　ニュースでいってたよ」

明日の天気を告げるような実感の伴っていない口調に、俺は返す。「わからない。でも、そうならないよう、頑張るよ。気象予報士として、できることをやっていく」

「へえ?」足の沙を払ったテトノが、ズボンの裾を戻し、まだ濡れているサンダルを履いて立ち上がった。「合格したなら、お祝いしなくちゃな。今日のランチはカフェでパフェにしよう」

「カフェでパフェ!」コンの目が、きらりと光る。「あのね、コンはね、いちごとチョコがのってる、かっこいいやつがいい!」

「パフェにかっこいいとかあるの?」と俺。

「あるの!」

「あるぞ」テトノも追随する。

「いまね、おばあちゃんといっしょに、おかしつくってるんだよ。しゅみなの、しゅみ」

「いい趣味だな」俺は立ち上がり、ふと思い立つ。「この手記、もらっていい?」

「好きにしろよ、俺の物じゃないし」

コンがすっかりパフェの気分になってしまったので、俺たちは谷間を後にした。

小径を抜け、白い大地に出る。どこまでも続く高低差のある畝と、緩やかな凹凸を見せる地平線は、春の陽射しを受けて眩しく光り、うねりの輪郭をあやふやにしている。南の方角を見遣ると、沙に埋もれかけた防風林と、奥のほうに、第9オアシスのわずかな残骸が見える。

沙山の背の上を、街へ向かってコンが駆けていく。転んでも怪我をしないのは、沙地のいいところだ。

「そういえば、肺魚ってなんだったんだ？　魚？」

プレーヤー片手に前を歩くテトノが、一瞬だけ俺を振り向いた。それについては、機械からダウンロードした魚図鑑で調べている。

「魚。雨期の間は水溜まりで過ごして、乾期になってその水溜まりが干上がると、身体の周りに膜を作って、夏眠っていう休眠状態になる。そして次の雨期が来たら、その膜を破って、また水溜まりで泳ぎ出す。地中で眠って、次の雨を待つ魚」

「変わった魚だなぁ」

「もう絶滅してるらしい」

「そりゃ残念。『肺魚』ねぇ。聴いてみたかった。はてさて、いつになれば水が引くのか」

俺は口角を緩ませる。

そうして、軽く口ずさんだ。

勢いよく振り返ったテトノが、目を丸くする。

俺は続ける。サビの手前まで。「こんな曲」俺たちは立ち止まっている。「いい曲だった」

「おまえ……」テトノの喉が、ごくりと動いた。「歌、下手だな」

「うるせぇ」

「俺より酷いぞ」

「仕方ないだろ。音楽に触れてこなかったんだよ」

「なにしてるの！」

コンの大声に、俺たちは「ごめんごめん」とまた歩き出す。

「他人の音痴がどうとか言う前に進級しろよ」と俺。

「わかってるよ」とテトノ。「さすがに三回目は、知恵袋の緒すら吹き飛びかねない」

「どんな手を使っても進級しろ」

「わかってる」笑い交じりの返答だった。「先生に相談するつもり。たくさん頼るよ、いろんな人に」

あたたかな風が後方から吹いてきた。足首に沙粒がぽつぽつと当たる。

振り返ると、山の麓に小さな林が見える。林の先には、地下倉庫がある。そこに残されたレコード盤は、伝えている。この沙を噛むような世界に、彼女の音楽を。彼女の存在を。

そのなかの一枚が記録した、『肺魚』。俺が起こした魚。

前を向くと、白い大地の先に、見慣れた沙堤防と防風林が広がっている。その向こうには俺の暮らす街がある。乾いた沙丘、終わるかもしれない世界を、俺は歩いていく。それでも歩いていく。『肺魚』の響く世界が、埋まることなく、これから先も続くように。この真っ白な沙の上に、足跡をつけながら。

肺魚は目醒める。いつかどこかで。

装画　風海

装丁　岡本歌織（next door design）

※本書は書き下ろしです。

鯨井あめ（くじらい・あめ）

1998年生まれ。兵庫県豊岡市出身。兵庫県在住。2015年より小説サイトに投稿を開始。2017年に「文学フリマ短編小説賞」優秀賞を受賞。2019年に「晴れ、時々くらげを呼ぶ」で第14回小説現代長編新人賞を受賞し、翌年に同作でデビュー。他著に『アイアムマイヒーロー！』『きらめきを落としても』がある。

沙《すな》を嚙《か》め、肺魚《はいきょ》

2024年5月27日 第一刷発行

著者 鯨井《くじらい》あめ

発行者 森田浩章
発行所 株式会社講談社
〒一一二-八〇〇一 東京都文京区音羽二―一二―二一
電話 出版 〇三―五三九五―三五〇五
販売 〇三―五三九五―五八一七
業務 〇三―五三九五―三六一五
本文データ制作 講談社デジタル製作
印刷所 株式会社ＫＰＳプロダクツ
製本所 株式会社国宝社

定価はカバーに表示してあります。
落丁本・乱丁本は、購入書店名を明記のうえ、小社業務宛にお送りください。送料小社負担にてお取り替えいたします。なお、この本についてのお問い合わせは、文芸第二出版部宛にお願いいたします。

ISBN 978-4-06-535482-7 N.D.C.913 284p 19cm

鯨井あめの好評既刊

未来の僕を救うのも、
今の僕だ。

『アイアムマイヒーロー！』

自分に何の期待もせず無気力に過ごす大学生、敷石《しきいし》和也《たかなり》。ある日駅のホームで、女性が線路に転落するのを目撃。右往左往しているうちに意識が遠のき、見知らぬ子どもの姿となって目覚める。目の前には、小学生時代の自分が……！
不可解なタイムスリップの謎を追いながら、小学生時代の自分を客観的に見つめる和也。はたして、自分の身に起こった「奇跡」とどう向き合っていくのか。

講談社文庫